KB266615

자기, 이제부터는 함께

자기, 이제부터는 함께

발행 2026년 3월 31일
지은이 이형렬
펴낸이 모두출판협동조합(이사장 이재욱)
펴낸곳 모두북스
디자인 최남식

ⓒ 이형렬, 2026

모두북스 등록일 2017년 3월 28일 등록번호 제2013-3호
주소 서울 도봉구 덕릉로 54가길 25 (창동 557-85, 우 01473)
전화 02)2237-3301, 02)2237-3316 팩스 02)2237-3389
이메일 seekook@naver.com
ISBN 979-11-89203-70-2(03810)

*책값은 뒤표지에 씌어 있습니다.

비로소 진실에 닿은 선언,
이제는 함께 살겠다는 고백

이형렬의 마음 편지

자기, 이제부터는 함께

이형렬 지음

MODOOBOOKS

| 차례 |

이제는 다시 시작하기 위해

이 책은 당신의 고생을 "이해했다."라는 말로 적당히 정리해 두려는 기록이 아닙니다. 지나간 일이라 '퉁' 치고 넘기려는 통과의례는 더더욱 아닙니다.

오히려 당신의 고생을 너무 오랫동안, 너무 자연스럽게 한 사람의 몫으로만 방치해 온 삶의 구조를 정직하게 인정하고, 이제부터는 그 잘못을 바로잡겠다는 저의 고백에서 출발합니다.

저는 당신의 지난날을 모두 알지는 못합니다. 장인어른과 장모님께 들은 말씀으로만 제가 당신을 만나기 전, 우리의

선사시대에 당신이 살았던 흔적을 짐작할 뿐입니다.

늘 사람들이 바쁘게 오가던 북적이는 집, '무남독녀 외동딸'이라는 말로는 다 담아내기 어려운 책임의 밀도, 감정을 접는 법부터 먼저 배워야 했던 어린 날들….

그 시절을 당신과 함께 살지는 않았지만, 그 시공(時空)이 당신을 얼마나 단단하고 따뜻한 사람으로 만들었는지는 분명히 느낍니다.

그리고 그 단단하고 따뜻함은 타고난 성격이 아니라, 스스로 자기를 가다듬으며 일상을 가꾸어 온 노력의 결과였음을 생각할수록 저는 당신을 더 깊이 존경하게 됩니다.

우리가 가정을 꾸려 하나가 된 다음의 일을 되돌아봅니다. '사업'이라는 저의 선택으로 우리 가정이 들어서야 했던 끝이 보이지 않는 터널에서, 저는 앞날만을 바라보느라 당신의 자리를 제대로 돌아보지 못했습니다. 오로지 무너진 기반을 다시 세워야 한다는 생각에만 매달렸습니다.

그러나 그 시간에 당신은 '터전'이라는 바닥을 받치고 있었습니다. 아이들의 일상이 흔들리지 않도록, 집이라는 작은 세계가 사라지지 않도록, 조용히 그러나 끝까지 그 자리를 지켜 주었습니다.

저는 그 침묵의 인내를 안정이라 착각했고, "괜찮다."라는 말을 성격이라 여겼습니다. 하지만 이제는 압니다. 그 침묵의 인내는 절제였고, 그 말은 체념이 아니라 책임을 함께 떠안는 선택이었음을. 당신은 감정이 아니라 사랑으로 '우리' 관계를 붙들었습니다.

위기 속에서 아이들도 결국 당신의 등을 바라보며 온전하게 자랄 수 있었습니다.

넉넉하지 않은 환경 속에서도 남들과 비교하며 몰아세우지 않고, 스스로 받아들일 수 있는 기준을 세우게 했으며, 말보다 일상의 실천으로 가치를 보여 주었습니다.

포기하지 않는 어른의 모습, 책임을 미루지 않는 태도, 자기 몫을 먼저 정리하는 자세를 아이들은 당신을 보며 배웠습니다.

그래서 저는 확신합니다. 아이들이 잘 자랐다는 말은 성취가 아니라 사람 됨됨이를 말하는 것이며, 그 뿌리는 당신이 지켜 온 삶의 방식과 맞닿아 있습니다.

이제 "당신 덕분입니다."라는 말은 의례적인 감사의 인사가 아니라 당신을 존중하는 저의 선언입니다.

이 글은 당신을 위로하려는 기록이 아닙니다. 당신의 고생을 그럴싸하게 포장하려는 말도 아닙니다.

저는 이제 모르면서 또는 알면서도 모르는 채 지나왔던 당신의 일거수일투족을 "당연한 역할"이라는 핑계로 지나치지 않겠다는 선언입니다.

그동안 당신이 감당해 온 마음의 무게를 저의 책임으로 함께 받아들이겠습니다. 돈으로는 갚을 수 없는, 당신께 진 빚을 이제 갚겠다는 약속보다 함께 지겠다고 선택하겠습니다.

혼자 판단하고 혼자 버티도록 내버려두지 않고, 멈추어 서서 의논하며 함께 책임지는 일을 "우리의 방식"으로 만들겠습니다.

당신이 노부모를 모시는 모습을 보며 다짐했습니다. 당신의 부모님을 저의 부모님으로 모시겠습니다. 이 말은 선언이 아니라 삶의 구조를 바꾸겠다는 약속입니다. 시간과 역할, 기준을 실제로 조정하며 제 말을 실천으로 증명하겠습니다.

이제 저는 아주 조용히, 그러나 가장 진심으로 말하고 싶습니다. 당신을 사랑합니다. 그리고 당신을 아낍니다. 당신이 혼자였던 시간의 맞은편에 제가 서 있겠습니다.
언제나, 그리고 끝까지.
"당신이 쉬어도 좋은 삶을 함께 만들겠습니다."

1장
당신의 어린 시절

무남독녀 외동딸

“괜찮다.”라는 당신의 말 한마디

당신의 그 시절을 함께 살지 않았던 사람으로서

무남독녀
외동딸

　장인어른과 장모님께서 이따금 들려주신 말씀으로 당신의 어린 시절을 짐작합니다.

　인심이 좋아서 그랬는지, 늘 사람들이 많이 드나들었던 집으로 그려집니다. 부모님의 양가 형제자매와 친척들이 자연스럽게 드나들었고, 이웃의 발길도 잦아 하루 중에도 조용할 틈이 많지 않았다고 들었습니다.
　웃음과 대화, 때로는 높은 언성이 뒤섞인 공간은 분명 따뜻함을 품고 있었을 테지만, 동시에 어린아이에게는 긴장을 요구하는 장소이기도 했을 것입니다.
　누군가의 말에 즉각 반응해야 했고, 미묘한 분위기의 변화

를 읽어야 했으며, 잠시 자리를 비우는 일조차 주변을 살핀
뒤에야 가능했을지 모릅니다.

저는 그런 공간을 직접 겪어보지 않았지만, 그 안에서 당
신이 얼마나 이른 나이부터 타인을 살피는 사람으로 자라야
했을지는 어렵지 않게 짐작할 수 있습니다.

많은 사람 속에서 자란다는 뜻은 늘 보호받는다는 의미는
아닐 것입니다. 오히려 스스로 자기를 지키기 위해 더 조심
스러워져야 하고, 누군가를 먼저 배려하며 상황을 정리하는
역할이 자연스럽게 몸에 배게 마련일 것입니다.

장인어른과 장모님의 말씀 가운데 특히 기억에 남는 대목은, 당신이 유난히 말수가 적었고 자신을 앞에 내세우기보다는 한발 물러나 있곤 했다는 부분입니다.

그것은 타고난 성격이라기보다 그런 행동이 안전하고 필요했던 환경의 요구였을 가능성이 커 보입니다.

북적이는 공간에서 자신을 강하게 드러내기보다, 조용히 자신을 지키며 균형을 유지하는 쪽을 선택해야 했던 아이의 모습이 그려집니다.

당신의 그 시절을 미화하고 싶지는 않습니다. 다만 어린 나이에 이미 공동체의 일부로서 자신의 위치와 역할을 인식하고 행동했다는 사실만은 분명히 존중하고 싶습니다. 보호와 관심 속에 자라는 대신, 사람들이 함께 살아가는 관계가 지닌 무게와 책임을 일찍부터 체득하였을 것입니다.

그때 형성된 이해심과 태도는 시간이 흐른 지금 당신이 보여 주는 신중함과 책임감의 뿌리와 맞닿아 있을 것이라고 저는 믿습니다. 저는 그 북적이던 가정의 풍경을 짐작할 뿐이지만, 그 안에서 묵묵히 자신을 다듬어 온 당신의 시간을 마음 깊이 존경합니다.

'무남독녀 외동딸'이라는 말은 흔히 보호받는 위치, 관심이 집중되는 환경을 떠올리게 합니다. 그러나 당신의 삶을

돌아보면, 그 말만으로는 설명되지 않는 책임의 밀도가 분명히 존재했다고 생각합니다.

장인 장모님 말씀을 통해 짐작해 보면, 당신은 집안에서 사랑과 기대를 한 몸에 받는 위치였던 듯합니다.

기대는 관심의 표현이기도 하지만, 동시에 역할을 전제로 합니다. 선택의 폭이 넓기보다는 자연스럽게 맡겨진 몫을 감당해야 하는 상황이 더 많았을 것입니다. 바로 당신에게 '무남독녀 외동딸'이라는 위치는 보호의 상징이라기보다 집안의 균형을 유지해야 하는 책임의 자리였을 가능성이 큽니다.

기대는 사랑의 또 다른 이름이지만, 때로 그만큼 부담을 동반합니다. 무남독녀 외동딸이라 더 잘해야 했고, 순간순간 더 참고 더 이해해야 했을 터입니다.

누군가 대신 나서 줄 사람이 없는 환경에서는 책임이 자연스럽게 한 사람에게 모이게 마련입니다.

저는 그 책임이 당신에게 소리 없이, 그러나 분명하게 주어졌을 모습을 떠올릴 수 있습니다.

그것은 스스로 선택해서 짊어진 짐이라기보다, 거부하는 대신 받아들이는 태도가 더 자연스러웠던 몫이었을 것입니다. 그런 책임은 설명하기 어렵지만, 삶의 태도 속에 고스란히 남습니다.

그러한 환경에서 자란 사람은 자신의 감정을 크게 앞세우지 않습니다. 쉽게 투정하지 않고, 불편함을 표현하기보다 결과를 먼저 고려하는 데 익숙해집니다.

자신의 욕구를 즉각적으로 드러내기보다, 전체의 흐름과 타인의 입장을 먼저 살피게 됩니다.

저는 그것을 희생이라고 섣불리 단정하고 싶지는 않습니다. 오히려 삶을 감당하는 자신만의 방식이자, 책임을 내면화하는 자신만의 방식에서 비롯된 태도라고 생각합니다.

무남독녀 외동딸임에도 당신은 결코 혼자만의 삶에 갇혀

살아온 사람이 아니라는 뜻이기도 합니다.

여러 사람의 기대와 상황을 동시에 고려하며, 조용히 균형을 유지해 온 사람이었습니다.

그러한 책임의 무게를 감정의 소음 없이 수행해 오신 당신의 태도와 삶의 밀도에 대해, 저는 깊은 존경을 표합니다.

당신은 감정을 자유롭게 표현하는 법보다, 감정을 스스로 정리하는 법을 훨씬 먼저 배워야 했던 아이였을 것으로 생각합니다.

　장인 장모님의 말씀에서 떠올려지는 당신의 어린 시절에는, 크게 울거나 떼쓰며 감정을 분출하던 장면이 거의 등장하지 않습니다. 그것은 당신에게 감정이 없었기 때문이 아니라, 감정을 표출하는 일이 오히려 상황을 더 복잡하게 만들 수 있다는 사실을 일찌감치 체득했기 때문일 것입니다.

　그런 점에서 당신은 또래보다 훨씬 빠른 성숙을 요구받았을 것으로 저는 느낍니다.

　감정을 다스린다는 것은 결코 쉬운 일이 아닙니다.

　그것은 감정을 포기하는 것이 아니라 조절하는 법을 익히는 과정으로, 우선 하고 싶은 말을 삼키면서 즉각적인 반응 대신 상황을 먼저 살피는 일입니다.

　이런 일은 반복될수록 습관이 됩니다.

　당신은 그렇게 스스로 자기를 관리하는 법을 아주 이른 나이에 익혔던 것 같습니다. 그러면서 충분히 기대고 싶었던 순간에도 혼자 정리해야 했을지도 모르고, 누군가 대신 해결해 주기를 바랄 수 없는 상황도 많았을 것입니다.

　감정을 꺼내기보다 안으로 접는 선택을 반복해야 했던 시간의 외로움은 가볍지 않았을 것입니다.

　저는 그 시절의 당신을 연약한 아이로 상상하고 싶지 않습니다. 오히려 조용히 상황을 받아들이고, 자신의 감정을 스스로 다스릴 줄 알았던 사람으로 존중하고 싶습니다.

감정을 다스리고 접는 법을 배웠다는 것은 감정을 느끼지 않는 사람이 되었다는 뜻이 아니라, 필요할 때 정제된 감정을 활용할 수 있는 힘을 함께 길렀다는 의미이기 때문입니다.

지금의 당신이 보여 주는 안정감과 절제, 어떤 외부 환경에도 쉽사리 흔들리지 않는 태도는 우연히 형성된 성격이 아닙니다.

그것은 오랜 시간에 걸쳐 반복된 선택 집중, 그리고 훈련의 결과입니다.

저는 그 태도를 단순한 성향으로 축소하지 않고, 삶을 견디고 조율해 온 깊은 인고(忍苦)의 결과로 존경합니다.

"괜찮다."라는
당신의 말 한마디

당신은 늘 누군가를 먼저 배려해야 하는 사람입니다.

누군가의 요청이나 명시적인 기대에서 비롯된 역할이 아니라, 어느 순간이든 자연스럽게 굳어져 버린 당신의 모습입니다. 장인 장모님도 당신을 언제나 "괜찮다"라고 말하며 한 발 물러서는 아이로 기억하십니다.

누군가를 앞에 세우고, 자신은 뒤에서 상황을 살피며 균형을 맞추는 역할이 당신에게는 너무도 익숙한 방식이었을 것입니다. 그렇게 당신의 자리를 지켜 온 시간은 분명 짧지 않았을 테고, 그 시간은 당신의 태도와 삶의 방식 속에 고스란히 남아 있습니다.

그러한 위치에 오래 머물렀던 사람은 자신의 욕구를 크게

내세우지 않습니다. 대신 전체의 흐름을 읽고, 갈등이 일어나거나 커지기 전에 조정하는 데 능숙해집니다. 저는 그것이 당신의 강점 가운데 하나라고 생각합니다.

그러나 그 강점이 단순히 타고난 성향이라고만 말하고 싶지는 않습니다.

그 능력이 형성되기까지, 당신은 숱한 순간마다 자기를 뒤로 미루는 선택을 스스로 정리해 왔을 것입니다. 하고 싶은 말이 있어도 상황을 먼저 고려했고, 불편함이 생겨도 전체의 균형을 깨지 않기 위해 한 번 더 참고 넘겼을 터입니다.

배려는 본래 자발적일 때 가장 아름답습니다.

배려가 반복되면 어느 순간 책임감을 느끼기 시작합니다. 그리고 그 책임감은 소리 없이 사람의 어깨 위에 놓여, 점점 익숙하고 자연스러운 무게가 됩니다.

당신은 그 책임을 회피하지 않았습니다.

불편함을 크게 드러내기보다 상황이 원만하게 흘러가도록 정리하는 쪽을 선택했고, 갈등을 키우는 대신 완충하는 역할을 맡았으며, 누군가의 감정이 상처받지 않도록 자신의 표현을 조정해 왔습니다.

저는 그것을 단순하게 희생이라고 단정하지 않겠습니다. 다만 그 선택이 쉽지 않았으리라는 사실은 분명히 인정하고 싶습니다. 늘 누군가를 먼저 생각해야 하는 자리에 서 있었다는 사실만으로도, 당신의 삶이 얼마나 단단한 기준과 중심 위에서 이루어져 왔는지 알 수 있습니다.

저는 그런 자리를 오랜 시간 감당해 온 당신의 태도와 판단, 그리고 그 안에 담긴 성숙함을 깊이 존경합니다.

당신의 차분함에 대해서도 이야기할 차례입니다.

저는 당신의 차분함이 타고난 성격이라기보다 오랜 시간에 걸쳐 형성된 태도에 가깝다고 생각합니다. 참는 일이 반복되다 보면 어느새 성격처럼 보이게 마련입니다.

그러나 그 이면에는 단순한 인내가 아니라 수많은 판단과 선택의 과정이 있었을 것입니다. 말하는 것이 나을지, 침묵하는 것이 관계에 도움이 될지, 지금 반응하는 것이 옳을지, 아니면 시간을 두는 것이 현명할지… 스스로에게 묻는 순간들이 차곡차곡 쌓여 지금의 당신을 만들었을 것입니다.

그 과정은 결코 자동적인 반응이 아니라, 매번 의식적인 선택을 요구했을 것으로 생각합니다.

참는다는 것은 감정을 억누르거나 부정하는 일이 아닙니다. 그것은 상황을 끝까지 관찰하고, 불필요한 충돌을 만들지 않기 위해 감정의 방향을 스스로 조정하는 행위입니다.

당신은 감정에 휘둘리는 대신, 감정을 관리하는 쪽을 선택했던 셈입니다. 저는 그 태도를 소극적이라고 보지 않습니다. 오히려 언제 개입해야 하고, 언제 물러나야 할지 판단할 수 있는 매우 능동적인 자세라고 생각합니다.

쉽게 표출하는 것보다 훨씬 더 많은 에너지와 책임을 요구하는 선택이었을 것입니다.

그 과정에서 당신은 자기 자신을 과도하게 드러내지 않는 법을 스스로 익히셨을 것입니다. 그것은 때로 오해를 낳았을 수도 있고, 충분히 평가받지 못하는 결과로 이어졌을지도 모릅니다. 하고 싶은 말이 없어서가 아니라, 굳이 설명하지 않기로 하여 생긴 결과들 말입니다.

그럼에도 당신은 그 방식을 쉽사리 바꾸지 않았습니다. 저는 그 지속성을 존경합니다.

참는 일이 성격으로 되기까지의 시간은 짧지 않았을 터이며, 그 시간 속에서 당신은 흔들리지 않는 기준을 세우셨습니다. 저는 그 기준 위에 서 있는 지금의 당신을 신뢰합니다.

당신은 "괜찮다."라는 말을 자주 건넵니다.

당신의 "괜찮다."라는 말은 단순한 대답이 아니라, 상황을 받아들이겠다는 의사이자 더 이상의 설명을 요구하지 않겠다는 표현이라고 저는 생각합니다.

그 말이 나오기까지의 시간을 떠올리면, 결코 즉흥적이거나 가벼운 반응이 아님을 알 수 있습니다. 겉으로는 짧고 담담하지만, 그 안에는 이미 여러 가능성을 검토하고, 감정을 정리한 뒤에 도달한 판단이 담겨 있습니다.

저는 그 말이 쉽게 들릴수록, 그 이면에 쌓여 있을 생각의 무게를 더 크게 느낍니다.

"괜찮다."라는 말은 관계를 유지하는 데 매우 효과적인 언어입니다. 갈등을 키우지 않고, 상황을 빠르게 안정시키며, 불필요한 설명과 충돌을 줄여 줍니다.

당신은 그 기능을 누구보다 잘 알고 있었고, 그래서 필요할 때마다 그 말을 선택해 왔을 것입니다. 동시에 그 말은 자신을 드러내지 않는 언어이기도 합니다.

하고 싶은 말이 없어서가 아니라, 굳이 꺼내지 않겠다고 판단했기 때문에 선택된 말입니다.

저는 바로 그런 점에서, 당신이 관계의 흐름을 지키는 역할을 오래도록 감당해 왔다는 사실을 느끼게 됩니다.

어떤 말이 습관이 되었다는 것은, 그 말이 필요했던 상황이 여러 번 반복되었다는 뜻이기도 합니다. 당신은 매번 상황을 살피고, 감정을 점검한 뒤에 "괜찮다."라는 결론에 도달하셨을 것입니다.

저는 그 과정을 결코 가볍게 보지 않습니다.

그 말은 체념이 아니라 선택이며, 무력함이 아니라 판단의 결과입니다. 관계를 우선하고, 전체의 균형을 고려하며, 흐름을 무너뜨리지 않겠다는 의지가 담긴 언어라고 생각합니다.

저는 그 판단을 존중합니다. 그리고 그렇게 "괜찮다."라는 말을 할 줄 아는 사람으로 오랜 시간을 살아온 당신을, 한 인간의 성숙함의 상징으로서 깊이 존경합니다.

———

당신의 그 시절을
함께 살지 않았던 사람으로서

저는 당신이 자라온 시간을 함께 살지 않았습니다.

그렇기에 그 시간 앞에서는 일정한 거리를 지키며 유지하는 것이 옳다고 생각합니다. 모든 장면을 이해하려 들고, 모든 맥락을 설명받아야만 안심할 수 있다는 태도는 오히려 상대방의 삶을 침범할 수 있다고 느꼈습니다.

그래서 저는 그 시절을 함께 살지 않았던 사람으로서 알 수 없는 일은 모른다는 사실을 인정하기로 했습니다. 당신을 이해하지 못하는 것을 부족함으로 여기기보다, 그 자체를 존중의 출발점으로 삼고 싶었습니다.

당신의 과거는 해명이나 설명의 대상이 아니라, 그 자체로 존중받아야 할 시간이라고 저는 생각합니다.

모른다는 것은 결코 무관심을 의미하지 않습니다.

오히려 함부로 해석하거나, 제 기준으로 재단하지 않겠다
는 의지에 가깝습니다. 저는 당신의 과거를 제 경험과 잣대
로 평가하려 하지 않으려 노력하고 있습니다.

장인 장모님의 말씀과 당신이 지금 보여 주는 태도만으로
도 저는 충분하다고 느낍니다. 과거의 일을 시시콜콜 알지
못해도, 현재의 선택과 관계를 대하는 방식은 분명히 드러나
고 있기 때문입니다. 저는 당신의 그 현재를 신뢰합니다.

　제가 지키려는 그 거리는 냉담함에서 비롯된 것이 아닙니다. 오히려 깊은 신뢰에서 나옵니다.

　당신이 걸어온 시간을 온전히 당신의 몫으로 남겨두는 것, 필요 이상으로 들여다보지 않는 것, 그것이 제가 할 수 있는 가장 정중한 태도라고 생각합니다.

　저는 그 시간을 침범하지 않음으로써, 당신을 하나의 완성된 삶을 살아온 사람으로 존중하고 싶습니다.

　그 존중 위에서 지금의 관계를 더 단단히 이어가고 싶다는 마음을 분명히 전합니다.

사람은 알지 못하는 이야기를 앞에 두면, 자연스럽게 상상으로 그 빈자리를 채우고 싶어 합니다. 그 상상은 때로 이해를 돕는 도구가 되기도 하지만, 때로는 사실과 다른 해석을 만들어 내며 관계를 흐리게 만들기도 합니다.

저는 당신의 과거에 대해서만큼은 그런 유혹을 경계하려 합니다. 모든 맥락을 알아야만 안심하려는 태도보다, 섣부른 상상이 가져올 왜곡을 피하는 쪽이 더 성숙한 선택이라고 생각했기 때문입니다.

장인 장모님의 말씀과 당신이 지금까지 제게 보여 주신 현재의 모습만으로도 저는 충분하다고 판단했습니다.

존중이란 모든 것을 아는 데서 비롯된다고 생각하지 않습니다. 오히려 알지 못한다는 사실을 인정하고, 그 빈자리를 함부로 채우지 않으려는 태도에서 비롯된다고 믿습니다. 그래서 저는 당신의 과거를 자세히 캐묻기보다, 지금 어떤 선택을 하고 어떤 태도로 삶을 살아가고 있는지를 기준으로 당신을 바라보고 싶습니다.

과거에 관해 설명을 요구하지 않고, 스스로 증명하길 바라지도 않으며, 현재의 모습을 있는 그대로 받아들이는 것. 그것이 당신을 하나의 완성된 인격으로 존중하는 방식이라 생각합니다.

상상하지 않으려고 애쓴다는 것은 결코 관심이 없다는 뜻이 아닙니다. 오히려 더 조심스럽고 신중하게 다가가겠다는 의지에 가깝습니다. 이해하지 못한 부분을 성급히 해석하기보다, 그 자리를 비워 두고 기다릴 수 있는 여유를 갖겠다는 선택입니다.

저는 그런 마음가짐으로 당신을 대하고 싶습니다. 그것이 부부로서 서로를 대하는 태도이자, 한 인간을 온전히 존중하기 위해 지켜야 할 선이라고 믿기 때문입니다.

저는 이제 분명히 말할 수 있습니다.

모든 것을 이해해야만 믿을 수 있는 것은 아닙니다. 삶에는 충분한 설명이 주어지지 않은 채 진행되는 선택들이 존재하고, 그 선택의 배경과 맥락을 완전히 파악하는 일은 때로 가능하지 않습니다.

저는 당신의 삶과 판단에 대해 모든 과정을 세세히 이해하지 못하면서도, 당신을 믿기로 선택했습니다. 그것은 상황을 낙관적으로 해석하려는 태도도 아니었고, 감정에 기대어 의존하려는 선택도 아니었습니다. 오히려 지금까지 당신이 보여 주신 태도와 선택을 차분히 바라본 끝에 내린, 매우 현실적인 판단에 가까웠습니다.

당신은 언제나 책임을 회피하지 않았고, 관계를 상황에 따라 가볍게 다루지 않았습니다. 유리할 때만 남고 불리해지면

물러나는 방식이 아니라, 역할이 요구되는 순간에는 끝까지 자리를 지키는 태도를 보였습니다. 말로 신뢰를 주장하기보다, 행동으로 일관성을 증명해 오셨습니다.

저는 그 일관성이야말로 신뢰를 형성하는 가장 강력한 근거라고 생각합니다. 과거의 모든 선택과 판단을 제가 다 알지는 못하지만, 지금의 결과와 현재의 태도만으로도 충분히 판단할 수 있었습니다. 설명되지 않은 부분이 남아 있음에도 불안이 커지지 않는 이유는, 당신이 쌓아온 선택의 방향이 분명하고 흔들림이 없기 때문입니다.

이해하기보다 믿음을 선택한 것은 제 나름의 존중하는 방식입니다. 끊임없이 설명을 요구하거나, 증명을 통해서만 안심하려 하지 않겠다는 태도이기도 합니다. 모든 것을 밝혀야만 관계가 유지된다고 생각하지 않고, 있는 그대로를 받아들이며 스스로 내린 판단을 존중하겠다는 결심입니다.

저는 그 선택이 옳았다고 생각합니다. 삶을 대하는 당신의 태도는 그 자체로 충분히 설득력이 있었고, 그 태도는 지금도 변함없이 이어지고 있습니다. 그리고 그 믿음의 대상이 바로 당신이라는 사실을, 저는 조용하나마 분명한 마음으로 자랑스럽게 여깁니다.

2장
함께 들어간 터널,
그러나
더 어두웠던 당신의 자리

'안정'이 무너졌을 때

끝이 보이지 않던 나날들

가장의 실패와 배우자의 고단함 사이

그래도 당신은 떠나지 않았다

'안정'이
무너졌을 때

제가 남들이 '안정'이라 부르는 자리를 떠나겠다고 했을 때, 솔직히 그 말이 제 삶에 어떤 전환을 불러올지 저 자신조차 온전히 가늠하지 못하고 있었습니다. 당시에는 새로운 가능성과 선택의 자유에 더 마음이 쏠려 있었고, 그 결정이 만들어낼 일상의 변화까지는 미처 상상하지 못했습니다.

그러나 시간이 지나 돌아보니, 그 결정은 제 삶보다 먼저 당신의 삶을 짓누르는 무게로 내려앉았습니다.

안정이라는 단어가 사라지는 순간, 그것은 가장의 결심보다 배우자의 일상에 더 빨리 직접적으로 영향을 미친다는 사실을 저는 뒤늦게 알았습니다.

그럼에도 당신은 그 결정의 옳고 그름을 따지기보다, 이

미 벌어진 현실을 어떻게 함께 감당할 것인지 먼저 고민했습니다.

당신은 제 선택을 적극 지지하는 말도 하지 않았고, 감정적으로 과장된 응원을 보내지도 않았습니다. 대신 그날 이후의 삶을 어떻게 유지할 것인지, 무엇을 줄여야 하고, 어느 것만은 꼭 지켜야 할지 조용히 정리하기 시작했습니다. 당신답다는 말이 어울리는 대응이었습니다.

저는 그 태도를 지금도 또렷이 기억합니다. 흔들리는 결정을 붙잡고 질문을 던지기보다, 이미 내려진 결정 위에서 현

실을 계산하던 모습 말입니다. 그것은 불안감이 없어서가 아니라, 불안을 감정으로 표출하기보다 판단으로 정리하려는 태도였다고 생각합니다. 사랑의 표현이라기보다 삶을 함께 책임지는 사람의 자세에 가까웠습니다.

저는 그 무게를 "함께 짊어졌다."라는 말을 하고 싶지 않습니다. 솔직히 말해, 그 무게는 당신에게 더 크게 실렸습니다. 저는 선택을 한 사람이었지만, 당신은 그 선택이 만들어 낸 불안정한 일상을 매일 살아내야 했기 때문입니다.

그럼에도 당신은 그 시기를 원망이나 후회의 언어로 기록하지 않았습니다. 저는 그 점에서 당신을 깊이 존경합니다. 안정이 무너지는 순간에도 삶의 균형을 지키려고 했던 사람, 그 사람이 바로 당신이었습니다.

사업을 시작한 이후, 우리의 삶에는 쉽게 설명할 수 없는 불안이 자리 잡기 시작했습니다.

수치나 계획표로 정리될 수 있는 불안이 아니었고, 언제 끝날지 예측할 수도 없었습니다.

저는 그 불안을 언어로 정확히 설명하지 못했고, 당신 역시 그 불안을 집요하게 묻거나 확인하려 하지 않았습니다. 다만 불안이 점점 일상이 되어가는 과정에서도, 당신은 제 곁을 떠나지 않았습니다.

말없이 자리를 지켰다는 그 사실 하나만으로도, 저는 당신의 태도를 충분히 평가할 수 있다고 생각합니다.

당신은 불안을 키우지도 않았고, 그렇다고 애써 부정하지도 않았습니다. 상황이 곧 나아질 거라는 근거 없는 위로를 건네지도 않았고, 반대로 상황을 비관하며 관계 자체를 흔들지도 않았습니다.

그 대신 하루하루 유지하는 데 꼭 필요한 일들을 차분히 수행하였습니다. 아이들의 일상을 정돈하고, 집안의 질서를 유지하며, 최소한의 안정감을 지켜내는 일들….

그것은 누구의 지시나 약속에 따른 행동이 아니라, 스스로 필요하다고 판단한 선택의 결과였습니다.

저는 그 시기의 당신을 단순히 "버텼다."라는 말로 표현하고 싶지 않습니다. 버틴다는 말에는 어쩔 수 없이 견뎠다는 뉘앙스가 담겨 있기 때문입니다.

당신은 떠날 수 없어서 남아 있던 사람이 아니라, 책임을 기준으로 상황을 받아들인 사람이었습니다.

설명되지 않는 불안 속에서도 당신이 제 곁에 서 있었던 까닭은 감정이 아니라 판단이었고, 그 판단이야말로 매우 성숙한 선택이었습니다. 저는 그 점에서 당신을 배우자로서, 그리고 한 사람으로서 깊이 존경합니다.

선택의 결과는 종종 설명이나 변명보다 침묵으로 더 분명하게 드러납니다. 사업이 뜻대로 풀리지 않았을 때, 당신은 그 결과를 두고 저에게 이유를 묻지 않았습니다.

"왜 그런 선택을 했는지?" 따지지도 않았고, 과거의 판단을 되돌아보게 하는 말도 꺼내지 않았습니다.

대신, 이미 벌어진 현실을 함께 견뎌야 한다는 사실을 조용히 받아들였습니다.

저는 그런 당신의 침묵이 무관심이나 체념이 아니라, 결과를 함께 감당하겠다는 선택이었음을 이제야 이해하게 되었습니다. 말하지 않음으로써 당신은 책임을 피한 것이 아니라, 오히려 더 큰 책임을 짊어졌던 것입니다.

침묵은 때로 가장 어려운 태도입니다.

그것은 아무 생각이 없어서가 아니라, 상황을 더 악화시키지 않기 위해 감정을 절제하는 선택이기 때문입니다. 당신은 말을 아낀 것이지, 판단을 포기한 것이 아니었습니다.

가장이 흔들리고 불안정해질 때, 배우자가 감정을 앞세우지 않는다는 것은 결코 쉬운 일이 아닙니다.

원망이나 불안을 표현할 충분한 이유가 있었음에도, 당신은 그것을 드러내지 않았습니다.

저는 그런 당신의 침묵이 관계를 무너뜨리지 않기 위한 하나의 기둥이었다고 생각합니다. 말하지 않음으로써 상황을 지켜내고 이겨낸 시간이 분명히 존재했습니다.

선택의 결과를 함께 감당한다는 것은, 그 선택의 주체가 아니었음에도 책임의 일부를 받아들이는 일입니다.

당신은 그 책임을 말로 주장하지 않았고, 대가를 요구하지도 않았습니다. 대신 행동으로, 태도로 감당하며 그 자리에 남아 계셨습니다.

저는 그 점에서 당신의 침묵을 깊이 존경합니다.

침묵으로 관계를 묶어내는 사람은 많지 않습니다. 당신은 그 드문 선택을 묵묵히 해냈고, 저는 그 무게를 이제야 제대로 바라보게 되었습니다.

———

끝이 보이지 않던
나날들

사업의 실패는 매출 감소나 손익 악화처럼 숫자로 정리될 수 있지만, 생활의 붕괴는 결코 숫자로 환산되지 않습니다.

수입이 줄어들고, 기존의 계획이 무너지고, 선택지가 하나씩 사라지는 과정은 단순한 실패 경험이 아니라 삶의 구조 자체가 흔들리는 시간이었습니다.

저는 그 변화를 주로 '사업의 문제'로 인식하며 대응하고 있었지만, 당신은 같은 상황을 전혀 다른 차원에서 마주하고 계셨습니다. 그것은 성과나 전략의 실패 문제가 아니라, 하루하루의 생활을 어떻게 유지할 것인가 하는 문제였습니다.

그 차이를 저는 상당히 뒤늦게야 깨달았습니다.

당신은 갑작스럽게 달라진 생활 조건 속에서도 가정을 유

지하는 역할을 감당하였습니다. 불필요한 지출을 줄이는 일에 그치지 않고, 무엇이 꼭 필요한지 다시 분류하고, 무엇을 미뤄야 할지 판단하였습니다. 아이들의 일상이 크게 흔들리지 않도록 생활의 구조를 재정렬하는 과정은 단순한 절약이나 인내의 문제가 아니었습니다.

그것은 삶의 우선순위를 다시 설계하는 일이었고, 매우 현실적인 판단과 책임을 요구하는 작업이었습니다. 저는 그 과정을 곁에서 충분히 보지 못했습니다.

그러나 지금 돌이켜보면, 그 시기에 유지되었던 최소한의

안정은 분명히 당신의 판단 덕분이었습니다.

사업의 실패는 제 책임이었습니다.

그런데 그 실패가 곧바로 생활의 붕괴로 이어지지 않도록 막아낸 것은 당신의 역할이었습니다.

저는 이 두 가지를 분명히 구분하고 싶습니다. 당신은 실패를 함께 겪은 사람이 아니라, 무너질 수 있었던 '우리' 삶의 구조를 지켜낸 사람이었습니다. 그 차이는 매우 중요하며, 결코 가볍게 넘어갈 수 없는 사실입니다.

저는 그 점에서 당신의 역할을 명확히 인정하고, 생활을

지켜낸 책임과 판단에 대해 깊은 존경을 표합니다.

사업의 실패나 생활의 붕괴가 아이들에게 미칠 영향은 상상을 초월합니다.

어려운 시기에 아이들 앞에서 무너지지 않는다는 것은 감정을 억지로 숨기거나 없는 척하는 일이 아닐 것입니다. 그것은 상황을 아이들의 눈높이에 맞게 조정하고, 감당할 수 없는 불안을 전가하지 않겠다는 선택에 가깝습니다.

당신은 힘든 시기에도 아이들 앞에서 과도한 걱정을 드러내지 않았습니다. 그 대신, 가능한 한 일상의 리듬을 유지하려 애썼고, 하루가 하루답게 이어지도록 환경을 정리했습니다. 아이들이 불필요한 두려움이나 책임감을 떠안지 않도록 배려한 그 선택은 결코 쉬운 일이 아니었을 것입니다.

당신의 표정과 태도는 연기가 아니었습니다. 오히려 그것은 분명한 책임의 표현이었습니다. 아이들은 부모의 감정에 매우 민감하게 반응하고, 말보다 분위기와 태도를 먼저 읽어 냅니다. 당신은 그 사실을 누구보다 잘 알기에, 스스로 자기의 감정을 더욱 관리했다고 생각합니다.

불안과 두려움이 없어서가 아니라, 그것을 그대로 드러내지 않겠다는 판단을 거듭해 왔던 것입니다. 저는 그 모습을 보면서 그제야 부모의 역할이 얼마나 많은 자기 통제와 판단을 요구하는지 실감하게 되었습니다.

무너지지 않으려 애쓴다는 것은, 이미 무너질 이유가 충분히 있었다는 뜻이기도 합니다. 그럼에도 당신은 그 이유를 아이들 앞에서 한마디도 꺼내지 않았습니다. 감정의 짐을 나누기보다, 스스로 감당하는 쪽을 선택하였습니다.

저는 당신의 그 절제된 태도를 깊이 존경합니다.

아이들이 비교적 안정된 마음으로 성장할 수 있었던 것은 우연이 아니라, 어려운 순간마다 아이들을 먼저 고려했던 당신의 선택이 쌓인 결과였다고 생각합니다.

어느 순간부터 당신의 고생은 특별한 사건이 아니라 일상의 일부가 되어 있었습니다. 한 번의 큰 희생이나 눈에 띄는 결단이 아니라, 매일 반복되는 역할로 굳어졌습니다.

누군가 알아주기를 기대하는 고생이 아니었고, 스스로 드러내기 위한 선택도 아니었습니다.

그저 하루하루 유지하는 데 필요한 일들이었고, 당신은 그 일들을 묵묵히 감당해 왔습니다.

저는 그 변화의 지점을 정확히 기억하지 못합니다. 다만 지금 돌아보면, 그 고생이 생각보다 훨씬 오랫동안 지속되어 왔다는 사실만은 분명합니다.

일상이 된 고생은 쉽게 인식되지 않습니다.

특별히 힘들다고 말할 계기도 없고, 잠시 멈추어 쉬어야 할 명분도 만들어주지 않습니다. 반복된다는 이유로 당연해지고, 조용하다는 이유로 가벼워 보이기도 합니다.

당신은 그런 일상에서 자신의 어려움을 과장하지 않았습니다. 불편함을 드러내기보다 스스로 정리했고, 감정을 앞세우기보다 역할을 기준으로 하루하루를 이어갔습니다.

저는 이제야 그 태도가 얼마나 강한 선택이었는지 이해합니다. 아무 일 없는 듯 살아간다는 것은, 사실 많은 것을 감내하고 있다는 뜻이었기 때문입니다.

당신의 고생이 일상이 되었을 때도, 저는 그것을 충분히 인식하지 못했습니다. 그 점에 대해서는 분명히 제게 책임이 있습니다. 유지되고 있다는 사실만으로 괜찮다고 판단했으며, 말이 없다는 이유로 무게를 가늠하지 못했습니다.

그러나 지금, 이 글을 통해 저는 그 고생을 다시 특별한 자리로 되돌리고 싶습니다. 그것은 당연한 역할이 아니었고, 자동으로 주어진 몫도 아니었습니다.

삶을 유지하기 위해 반복해서 선택한 결과였고, 존중받아야 할 삶의 태도였습니다. 저는 그 선택의 시간을 분명히 인정하며, 일상이 되도록 고생을 감당해 온 당신께 깊은 존경의 마음을 전합니다.

가장의 실패와
배우자의 고단함 사이

가장의 실패는 종종 개인의 문제로만 인식되지만, 실제 삶에서는 배우자의 고단함으로 전이되는 구조를 갖습니다. 저는 그 구조를 개념적으로는 이해한다고 생각했습니다. 그러나 그것을 삶의 무게로 체감하지는 못했습니다.

실패의 중심에 서 있던 저는 방향을 고민하고, 상황을 분석하고, 다시 일어설 방법을 찾는 데에 대부분의 에너지를 사용했습니다. 그 과정에서 실패가 만들어내는 일상의 공백이 누구에게 어떻게 전가되고 있는지는 충분히 바라보지 못했습니다. 돌이켜보면, 그 공백을 메우고 있었던 사람은 언제나 당신이었습니다.

당신은 실패의 여파를 말로 설명하지 않았습니다. 고단함

을 소리로 드러내지도 않았고, 다른 사람과 비교하며 억울함을 표현하지도 않았습니다.

그 고단함은 조용히, 그러나 분명하게 누적되고 있었습니다. 저는 그 침묵을 안정으로 오해했습니다.

아무 말이 없으니 괜찮은 줄 알았고, 일상이 유지되고 있으니 버틸 만하다고 판단했습니다.

그러나 이제 와서 생각해 보면, 그 침묵은 무감각이 아니라 책임이었고, 방관이 아니라 감당이었습니다. 가장의 실패가 배우자의 고단함으로 이어지는 구조 속에서, 당신은 그

무게를 혼자 감당하며 정리하고 계셨습니다.

저는 이 사실을 인정하기까지 오랜 시간이 필요했습니다. 실패를 마주하는 일보다, 그 실패가 타인에게 전가된 무게를 인정하는 일이 더 어려웠기 때문입니다.

그러나 지금은 분명히 말할 수 있습니다.

그 시기의 삶은 제가 실패를 겪던 시간이면서, 동시에 당신이 버팀목이 되어 주던 시간이었습니다.

그 버팀은 감정에 기대지 않은 역할이었고, 상황이 요구하는 자리를 묵묵히 지키는 태도였습니다.

저는 그런 역할을 감당했던 당신을 깊이 존경합니다.

저는 앞을 바라보느라 많이 놓치며 살아왔습니다.

방향을 고민하는 데 몰두했고, 이미 벌어진 결과를 만회하는 일에 에너지를 집중했습니다. 저는 그 과정에서 제 자리에서의 역할만을 과제로 인식했고, 그 외의 영역이 어떻게 유지되고 있는지에 대해서는 깊이 들여다보지 못했습니다.

그러나 지금 돌아보면, 제가 그렇게 하는 동안 당신은 제가 놓친 것들을 하나씩 대신 짊어지고 계셨습니다. 그것은 누군가 공식적으로 맡아 달라고 요청한 일이 아니었고, 사전에 합의된 책임도 아니었습니다.

다만 비어 있는 자리를 그대로 둘 수 없었기에, 자연스럽게 당신의 몫으로 전가되었던 책임들이었습니다.

당신이 짊어진 일들은 대부분 눈에 잘 띄지 않는 것들이었습니다. 하루하루의 생활을 구성하는 사소한 선택들, 갈등이 커지지 않도록 미리 정리된 감정들, 관계가 끊어지지 않도록 이어져 온 흔적들….

저는 그런 것들이 별다른 의식 없이도 유지되는 줄 알았습니다. 마치 시스템처럼 자동으로 작동한다고 착각했습니다.

그러나 이제는 분명히 압니다.

　그 모든 것들은 누군가의 지속적인 판단과 선택, 그리고 반복되는 노력이 없이는 결코 유지될 수 없다는 사실을 말입니다.

　제가 놓친 것들을 당신이 대신 짊어졌다는 사실을 저는 너무 늦게 깨달았습니다.

　그 깨달음이 지나간 시간을 되돌릴 수는 없겠지만, 최소한 그 현실을 정확히 인식하는 일은 가능하다고 생각합니다. 그 짐은 결코 가벼운 것이 아니었고, 당신은 그 무게를 회피하지 않고 책임감 있게 감당해 왔습니다.

　저는 그 사실을 분명히 인정합니다.

그리고 보이지 않는 자리에서 밑바닥부터 삶을 지탱해 온 당신의 선택과 태도에 대해, 깊은 존경의 마음을 전합니다.

역할의 불균형은 대개 그 한가운데에 있을 때는 잘 보이지 않습니다. 모두가 바쁘고, 각자의 자리에서 최선을 다하고 있다고 믿기 때문입니다. 저 역시 그 시기에는 그렇게 생각했습니다. 각자 맡은 일을 하고 있고, 나름의 책임을 감당하고 있으니까, 균형은 유지되고 있다고 스스로 판단했습니다.

그러나 시간이 지나 한 걸음 떨어져 돌아보니, 그 시기의 역할은 분명히 균형을 잃고 있었습니다. 당시에는 보이지 않았던 무게의 차이가 이제야 또렷하게 드러납니다.

저는 방향을 고민하는 역할에 더 많이 머물러 있었습니다. 무엇을 선택해야 할지, 어디로 가야 할지, 실패를 어떻게 만회할지 고민하는 위치에 있었습니다.

반면 당신은 '우리'의 삶을 유지하는 역할을 맡고 계셨습니다. 일상이 무너지지 않도록 붙들고, 하루가 또 다른 하루로 이어지도록 만드는 역할이었습니다. 두 역할 모두 중요했지만, 그 무게와 긴장은 같지 않았습니다.

저는 실패해도 다시 시도할 여지가 있었고, 잠시 멈추어 고민할 선택지 역시 존재했습니다. 그런데 당신에게는 일상을 멈출 수 있는 선택지가 거의 없었습니다. 삶은 계속되어야 했고, 그 책임은 대부분 당신의 몫으로 남아 있었습니다. 그 차이를 저는 이제야 분명히 인식하게 되었습니다.

뒤늦은 깨달음이 지나간 시간을 바꾸어 주지는 않습니다. 이미 감당해 온 무게를 나누어 짊어지게 해 주지도 않습니다.

그러나 그 깨달음은 앞으로의 태도를 바꿀 수는 있다고 믿습니다. 저는 이 글을 통해, 그 시기의 역할이 균형을 잃고 있었다는 사실을 분명히 인식하고 있다는 사실을 기록하고 싶었습니다. 그리고 그 불균형 속에서도 묵묵히 자신의 역할을 감당해 온 당신을, 한 사람의 선택과 책임의 가치로서 깊이 존경합니다.

그래도 당신은
떠나지 않았다

사람은 언제나 희망만으로 시간을 견디지는 않습니다.

상황이 나아질 것이라는 기대가 분명할 때는 희망이 버팀목이 될 수 있지만, 앞이 보이지 않는 시간에는 희망조차 쉽게 사라집니다.

저는 당신이 그 시기를 견뎌낸 힘은 희망이 아니라 책임에 더 가까웠다고 생각합니다.

상황이 곧 좋아질 것이라는 확신이 없었음에도, 당신은 자신의 역할을 내려놓지 않았습니다. 기대가 아니라 인식으로, 감정이 아니라 판단으로 그 자리에 남아 계셨습니다.

책임은 사람에게 위로를 주지 않습니다.

대신해야 할 일을 분명히 요구합니다. 감정을 달래주지도,

미래를 약속해 주지도 않습니다. 그저 지금 감당해야 할 몫이 무엇인지를 물을 따름입니다.

당신은 그 요구 앞에서 흔들리지 않았습니다. 자신의 감정을 앞세우기보다 상황을 있는 그대로 받아들였고, 해야 할 일을 기준으로 하루하루를 이어갔습니다.

저는 이제야 그 태도가 얼마나 단단한 것인지 이해하게 되었습니다. 희망이 없을 때도 무너지지 않는 힘은, 책임을 외면하지 않는 데서 비롯된다는 사실을 당신은 이미 알고 계셨던 것 같습니다.

희망이 사라져도 책임이 남아 있을 때, 사람은 쉽게 무너지지 않습니다. 기대가 없기에 좌절도 줄어들고, 해야 할 일이 분명하기에 방향을 잃지 않습니다. 당신은 그 사실을 삶으로 증명했습니다.

저는 그 시간을 단순히 "버텼다."라고 표현하고 싶지 않습니다. 그것은 마지못해 견딘 시간이 아니라, 스스로 감당하기로 선택한 시간이었기 때문입니다.

그래서 저는 그 시간을 "감당했다."라고 말하고 싶습니다. 희망 대신 책임으로 살아낸 그 시간에 대해, 저는 깊은 존경의 마음을 담아 당신을 바라봅니다.

많은 사람이 '함께' 라는 말을 좋아합니다.

'함께' 라는 말은 누구나 쉽게 사용할 수 있지만, 그것을 행동으로 증명하는 일은 매우 어렵습니다. 많은 약속은 말로 남고, 많은 다짐은 상황 앞에서 흐려집니다.

그러나 당신은 그런 방식으로 "함께"를 말하지 않았습니다. 미래를 장담하지도 않았고, 감정에 기대어 관계를 설명하지도 않았습니다. 다만, 가장 어려운 순간에도 그 자리에 남아 계셨습니다.

저는 그 사실 하나만으로도 당신의 태도와 선택을 충분히 평가할 수 있다고 생각합니다. 말없이 자리를 지킨다는 것

은, 상황이 좋아서가 아니라 책임을 이해했기에 가능한 행동이기 때문입니다.

'함께' 라는 말은 같은 속도로 걷는다는 의미가 아닙니다. 누군가를 끌고 가거나, 뒤처지지 않게 억지로 맞추는 일도 아닙니다. 오히려 서로 다른 역할을 인정하고, 각자의 위치에서 해야 할 일을 성실히 수행하는 과정에 가깝습니다.

당신은 제 역할을 대신하려 들지 않았고, 동시에 자신의 역할을 과장하지도 않았습니다. 필요 이상으로 나서지도 않았고, 그렇다고 뒤로 숨지도 않았습니다. 그 대신, 당신이 있어야 할 자리를 정확히 알고 그 자리를 지켰습니다. 저는 그 절제된 태도에서 깊은 신뢰를 느낍니다.

당신은 "함께"라는 말을 설명하려 하지 않으셨습니다. 정의를 내리거나 기준을 강요하지도 않으셨습니다. 대신, 일상의 선택과 태도로 그 의미를 보여주셨습니다.

어려움이 닥쳤을 때 떠나지 않는 모습, 상황이 불리해져도 관계를 가볍게 여기지 않는 자세, 말보다 행동을 앞세우는 방식은 그 자체로 "함께"의 의미였습니다. 저는 그 점에서 당신을 배우자로서 깊이 신뢰합니다. 동시에, 한 사람으로서 자신의 역할을 정확히 이해하고 수행해 온 당신의 삶의 태도에 대해 진심 어린 존경을 표합니다.

어느 순간부터 당신의 고생은 상황이 만든 우연이 아니라, 스스로 선택한 삶의 방향이 되었습니다.

떠날 수도 있었고, 다른 길을 충분히 모색할 수도 있었을 것입니다. 조건을 바꾸거나 책임의 범위를 줄이는 선택 역시 현실적으로 가능했을 것입니다.

그럼에도 당신은 그 모든 가능성 앞에서 자리를 지키는 쪽을 택했습니다. 저는 그 선택을 감정의 언어로 설명하고 싶지 않습니다. 그것은 애틋함이나 희생을 미화한 이야기가 아니라, 무엇이 자신의 몫인지 분명히 인식한 사람만이 내릴 수 있는 판단에 가까웠기 때문입니다. 해야 할 일이 무엇인지, 누가 그 자리를 지켜야 하는지에 대한 분명한 인식이 당신을 그곳에 남게 했다고 생각합니다.

자신의 선택으로서 고생은 반드시 존중받아야 합니다.

그것은 어쩔 수 없이 떠밀려 감내한 희생과는 성격이 다릅니다. 삶의 방향을 스스로 정하고, 그 방향이 요구하는 무게를 받아들이는 일은 결단코 가볍지 않습니다.

당신은 그런 판단을 타인의 기대나 압박에 떠밀려 내린 것이 아니라, 스스로 숙고한 끝에 내렸고, 그 결과를 말없이 감당해 왔습니다. 저는 그 점에서 당신의 고생을 단순한 인내나 체력의 문제로 보지 않습니다.

그것은 책임을 회피하지 않겠다는 의지의 표현이었고, 삶을 대하는 태도 자체의 선택이었습니다.

이제 와서 그 고생을 미화하고 싶지는 않습니다.

힘들지 않았다고 말할 수도 없고, 다른 선택이 더 쉬웠을 것이라는 가능성을 지워 버리고 싶지도 않습니다.

다만 그 고생이 분명한 선택이었다는 사실만은 정확히 기록하고 싶습니다. 그것이 당신의 삶을 가볍게 만들지는 않겠지만, 최소한 존중받아야 할 판단이었음을 분명히 해 줄 것이라 믿습니다.

저는 그 선택의 무게를 인정합니다. 그리고 책임을 기준으

로 삶을 선택해 오며, 그 결과를 묵묵히 감당해 온 당신의 태
도와 삶에 대해 깊은 존경의 마음을 전합니다.

3장

아이들은
당신의 등을 보고 자랐습니다

여유가 없던 집에서의 교육

당신을 바라보며 자란 아이들

결과가 아니라 과정으로 증명된 시간

이제야 말할 수 있는 고마움

여유가 없던
집에서의 교육

아이들을 키우는 시간 동안, 당신은 늘 충분하지 않다는 사실을 누구보다 정확히 알고 계셨을 것입니다.

시간도 넉넉하지 않았고, 마음의 여유 역시 늘 충분하다고 말하기 어려웠으며, 물질적인 조건 또한 언제나 이상적인 수준은 아니었습니다.

그 현실을 모른 척하거나 감추려 하지 않았다는 점에서, 저는 당신의 태도가 더욱 분명하게 기억됩니다. 그럼에도 당신은 부족함을 변명으로 삼지 않았습니다.

"할 수 없다."라는 말보다, 당장의 조건에서 "무엇까지는 할 수 있는가?"를 먼저 고민했습니다.

저는 그 질문을 멈추지 않았다는 점에서 이미 교육은 시작

되고 있었다고 생각합니다.

당신은 아이들에게 모든 것을 제공하지 못한다는 사실을 숨기지 않았습니다. 대신, 주어진 조건 안에서 최선을 다하는 모습을 일상으로 보여 주었습니다. 그것은 아이들에게 현실을 회피하지 않는 법을 가르치는 일이기도 했습니다.

부족함을 인정하되, 그 안에서 포기하지 않는 태도는 말로 설명할 수 없는 교육이 됩니다. 아이들은 당신의 모습을 통해, 삶이 늘 충분한 조건에서만 진행되는 것은 아니며, 그렇다고 해서 멈춰야 하는 것도 아니라는 사실을 자연스럽게 배웠을 것입니다. 저는 그 점에서 당신의 선택이 어떤 교훈보다 강력했다고 생각합니다.

엄마의 역할은 감정만으로 수행되지 않습니다.

사랑이라는 마음만으로도 하루하루의 결정을 감당할 수 없습니다. 그것은 끊임없는 판단과 선택의 연속이며, 매 순간 우선순위를 점검하는 작업입니다. 당신은 아이들에게 무엇을 먼저 지켜야 하는지, 어디까지 요구하고 어디에서 물러나야 하는지를 스스로 묻고 또 조정해 왔습니다.

충분하지 않다는 사실을 알면서도 최선을 다했다는 점에서, 당신의 역할은 감정적인 헌신이 아니라 실천적인 책임이었습니다.

저는 그 책임을 오랜 시간 묵묵히 수행해 오신 당신을, 엄마로서뿐 아니라 한 사람의 삶으로서 깊이 존경합니다.

아이들을 키우는 과정에서 가장 쉽게 마주하게 되는 유혹은 '비교'라고 생각합니다. 다른 집 아이들의 성적, 눈에 띄는 성취, 더 나아 보이는 환경을 기준 삼아 현재를 판단하는 일은 의식하지 않아도 자연스럽게 이루어집니다. 비교는 빠르고 분명한 기준을 제공하는 것처럼 보이기 때문입니다.

그러나 당신은 그 쉬운 길을 택하지 않았습니다. 비교를 통해 아이들을 자극하고 몰아붙이기보다, 스스로 기준을 세

우도록 기다리고 이끄는 방식을 선택하였습니다. 저는 그 선택이 얼마나 인내를 요구하는 일인지 잘 알고 있습니다.

기준을 세운다는 것은 명확한 방향을 제시하는 일인 동시에, 결과를 서두르지 않겠다는 결단이기도 합니다. 비교는 즉각적인 반응을 만들어내지만, 기준은 시간이 필요합니다.

당신은 아이들에게 "남들보다 잘해야 한다."라고 말하기보다, "네가 스스로 받아들일 수 있도록 선택하라."라는 메시지를 반복해 주었습니다. 그 기준은 점수나 순위보다, 태도와 책임, 선택 이후의 자세에 더 가까웠습니다. 저는 그 점에서 당신의 교육 방식이 감정에 휘둘리지 않고 매우 일관되었다고 생각합니다.

비교하지 않는 태도는 아이들에게 자존감을 남깁니다. 남과의 차이를 의식하기보다, 자신과의 약속을 중심에 두게 만들기 때문입니다. 잘했을 때뿐 아니라 기대에 미치지 못했을 때도, 스스로 자기를 전부 부정하지 않게 하는 힘은 바로 그 기준에서 나옵니다.

당신은 그 자존감의 토대를 조용히 마련했습니다. 눈에 띄지 않았고, 즉각적인 성과로 증명되지도 않았지만, 그렇기에 오히려 더 단단한 기반이 되었다고 저는 생각합니다.

기준을 세워주는 교육은 성급한 결과를 요구하지 않습니다. 대신 시간이 지나도 흔들리지 않는 사람됨을 남깁니다. 아이들이 성장하며 보여 주는 태도 속에는, 비교보다 기준을 택했던 당신의 선택이 분명히 반영되어 있습니다.

저는 그 점에서 당신의 태도가 매우 교육적이었다고 평가합니다. 쉽지 않은 길을 선택했고, 그 선택을 끝까지 유지해 왔다는 사실만으로도 충분히 존중받아야 한다고 생각합니다. 저는 비교하기보다 기준을 세워주려 했던 당신의 태도를 깊이 존경합니다.

당신은 아이들에게 많은 말은 하지 않았습니다.

무언가를 가르치기 위해 길게 설명하거나, 반복적인 훈계로 방향을 제시하기보다, 생활 속에서 보여 주는 방식을 택했습니다. 저는 그 선택이 얼마나 어려운 것인지 이제야 알게 되었습니다.

말은 상황에 따라 조정할 수 있고, 필요하면 다시 꺼낼 수 있지만, 생활은 매일매일의 선택을 요구합니다.

하루의 태도, 반복되는 행동, 작은 결정들이 쌓여 하나의 기준이 됩니다. 당신은 그 기준을 말로 세우지 않고, 자기의 삶으로 유지해 왔습니다.

아이들은 부모의 말을 오래 기억하지 않습니다.

대신 부모가 어떤 방식으로 하루하루를 살아가는지 자연스럽게 닮아 갑니다. 당신은 그 사실을 본능적으로 알고 계셨던 것 같습니다. 약속을 소중히 여기는 모습, 책임을 회피하지 않는 태도, 일이 뜻대로 풀리지 않을 때도 기본을 내려놓지 않으려는 자세는 따로 설명하지 않아도 아이들의 눈에 분명히 각인되었을 것입니다.

말로 가르치지 않았기에 오히려 더 설득력이 있었고, 감정으로 밀어붙이지 않았기에 더 오래 남았다고 저는 생각합니다. 그것은 신뢰를 전제로 한 교육이었습니다.

생활로 실천하며 가르친 가치는 흔적을 남깁니다.

그 흔적은 시험 성적이나 즉각적인 성과로는 드러나지 않지만, 인생의 중요한 선택 앞에서 자연스럽게 모습을 드러냅니다. 아이들이 성장하며 보여 주는 태도, 사람을 대하는 방식, 책임을 감당하는 자세 속에는 당신의 생활 모습이 그대로 반영되어 있습니다.

저는 그 점에서 당신의 교육을 결과로 평가하고 싶지 않습니다. 이미 그 과정 자체가 완성도 높은 교육이었기 때문입니다. 말보다 생활로, 설명보다 태도로 가르친 그 방식은 쉽게 흉내 낼 수 없는 선택이었습니다.

저는 그 조용하지만, 일관된 교육의 방식에 대해, 깊은 존
경의 마음을 전합니다.

당신을 바라보며
자란 아이들

아이들은 생각보다 훨씬 더 예리하게 어른의 선택을 관찰합니다. 특히 어려움 앞에서 어른이 취하는 태도는 아이들의 마음속에 오래 남는 기준이 됩니다. 당신은 그 기준을 행동으로 보여 주었습니다.

삶이 뜻대로 풀리지 않을 때, 상황이 버겁고 감당하기 어려울 때도 당신은 쉽게 포기하는 쪽을 선택하지 않았습니다. 그렇다고 무작정 버티거나 감정을 억누르며 자신을 소모하는 방식도 아니었습니다.

당신의 선택은 상황을 있는 그대로 받아들이되, 다시 정리하며 다음 순서의 일을 준비하는 태도였습니다.

그 차분함과 현실성은 아이들에게 매우 중요한 메시지였

다고 생각합니다.

포기하지 않는다는 것은 흔히 끝까지 이겨내거나 반드시 성공하는 모습을 떠올리게 합니다.

그러나 당신이 보여 준 포기하지 않는 태도는 그보다 훨씬 깊은 의미를 지니고 있었습니다.

때로는 실패를 인정하고, 기대했던 결과가 나오지 않았음을 받아들이면서도 삶을 멈추지 않는 힘….

좌절 속에서도 일상의 리듬을 유지하고, 해야 할 역할을 놓지 않으며, 다시 하루를 살아가는 태도….

당신은 바로 그 모습을 아이들 앞에서 숨김없이 보여 주었습니다. 그것은 화려한 극복의 스토리텔링이 아니라, 가장 현실적이고 지속 가능한 용기였습니다.

어려움 속에서도 삶의 기본을 지켜내는 태도는 아이들에게 안정감을 줍니다. 상황이 흔들려도 사람이 무너지지 않는다는 사실, 실패해도 삶은 계속 이어진다는 감각을 어떻게 말로 설명해서 쉽게 전달할 수 있겠습니까?

당신은 그 감각을 자기의 삶으로 보여 주었습니다. 아이들은 당신의 모습을 보며 어떤 생각을 했을까요, 인생에서 어려움은 피할 수 없을 테지만, 그것이 곧 끝을 의미하지는 않는다는 사실을 자연스럽게 배웠을 것입니다.

당신의 모습은 아이들에게 "어른이 된다는 것"의 한 현실적인 형태를 제시했습니다.

감정에 휘둘리지 않으면서도 상황을 외면하지 않는 태도, 도망치지 않되 과장되지 않는 자세….

저는 그 균형 잡힌 모습이야말로 진짜 어른의 모습이라고 생각합니다. 그런 어른의 등 뒤에서 자란 아이들은, 쉽게 무너지지 않는 법과 다시 일어나는 방식을 이미 몸으로 익혔을 것입니다. 저는 그 단단한 가르침을 남긴 당신을 진심으로 존경합니다.

책임을 미루지 않는 삶의 자세는 말로 설명되는 개념이 아니라, 일상의 선택과 태도를 통해 자연스럽게 드러난다고 생각합니다.

당신은 늘 그 방식을 아이들 앞에서 흔들림 없이 보여 주었습니다. 상황이 누군가의 잘못으로 인해 복잡해지고, 감정적으로 억울함을 느낄 수밖에 없는 순간에도 당신은 먼저 자신의 몫을 돌아보고 정리하였습니다.

그것은 억지로 참거나 감정을 억누른 결과가 아니라, 책임의 경계를 명확히 인식한 사람만이 내릴 수 있는 판단이었습니다. 당신은 무엇이 자신의 역할인지, 어디까지가 감당해야 할 범위인지를 정확히 알았고, 그 선을 넘지 않으면서도 회피하지 않는 선택을 반복해 왔습니다.

책임을 미루지 않는다는 것은 흔히 자기 자신을 희생하는 일로 오해되곤 합니다.

그러나 당신의 삶을 가까이에서 바라보며 저는 그 생각이 얼마나 단편적인 해석인지 알게 되었습니다.

당신의 선택은 소극적인 희생이 아니라 책임에 대한 정확한 이해였고, 그 이해를 바탕으로 한 능동적이고 긍정적인 의지의 수행이었습니다. 해야 할 일을 남에게 떠넘기지 않고, 감정이나 상황을 핑계로 뒤로 미루지 않으며, 스스로 감당할 수 있는 몫을 묵묵히 수행하는 태도는 결코 약함의 표현이 아니었습니다. 오히려 그것은 삶을 주도적으로 살아가겠다는 강한 의지의 표현이었습니다.

아이들은 그런 당신을 지켜보며 자랐을 것입니다.

말로 훈계하지 않아도, 규칙을 강요하지 않아도, 책임을 대하는 어른의 태도는 자연스럽게 전해집니다. 아이들이 성장하며 보여 준 책임감과 태도는 우연이 아니라, 오랜 시간 반복되어 온 당신의 선택이 축적된 결과라고 생각합니다.

일상생활에서 보여 준 작은 결정들, 불편함을 감수하면서도 역할을 다하는 모습, 상황이 어렵더라도 자신의 몫을 외면하지 않는 태도가 아이들의 기준이 되었을 것입니다.

저는 그 모습을 떠올리며, 책임을 미루지 않는 어른의 존재가 얼마나 큰 의미를 가지는지 다시 생각하게 됩니다. 그것은 말로 가르칠 수 없는 가치이며, 설명으로 전달할 수 없는 삶의 기준입니다.

당신은 그 기준을 삶 자체로 보여 주었고, 아이들은 그 기준 위에서 자신만의 삶을 만들어가고 있을 것입니다. 저는 그런 삶의 태도를 일관되게 지켜 온 당신을 깊이 존경하며, 그런 존경의 마음은 단순한 감정이 아니라 삶의 방식에 대한 인정이라고 분명히 말씀드리고 싶습니다.

당신은 상황이 어려워질수록 남을 탓하기보다 자신의 몫

을 먼저 돌아보는 태도를 일관되게 지켜왔습니다. 누구에게나 억울함이 생길 수 있는 순간은 찾아옵니다. 책임의 원인이 분명히 다른 곳에 있음에도 불구하고, 감정적으로 항변하고 싶어지는 순간도 역시 피할 수 없습니다.

그러나 당신은 그런 순간마다 감정의 방향을 밖으로 돌리기보다, 스스로가 감당해야 할 역할과 책임이 무엇인지를 먼저 챙겼습니다.

그것은 자신을 낮추는 선택이 아니라, 상황을 현실적으로 통제하려는 매우 성숙한 판단이었다고 생각합니다.

남 탓을 하지 않는다는 것이 문제를 모른 척하거나 억누르는 태도와는 다릅니다. 오히려 문제를 가장 빠르게 해결할 수 있는 영역으로 끌어오는 방식입니다.

당신은 원인을 냉정하게 인식하되, 지금 당장 자신이 할 수 있는 선택과 행동에 집중하였습니다.

아이들은 그 모습을 보며, 책임이란 감정을 배출하는 수단이 아니라 상황을 바꾸는 출발점이라는 사실을 자연스럽게 배웠을 것입니다. 탓하는 말보다 정리된 행동이 문제를 줄인다는 사실을, 당신은 삶으로 보여 주었습니다.

저는 당신의 그 태도가 바로 아이들의 성숙함으로 이어졌다고 생각합니다. 자기 감당해야 할 몫을 먼저 생각하는 사람은 공동체 안에서 불필요한 갈등을 만들지 않으며, 주변으로부터 신뢰를 얻게 마련입니다. 아이들이 성장 과정에서 비교적 안정적인 인간관계를 형성하고, 사회의 일원으로 자리 잡을 수 있었던 배경에는 당신이 반복해서 보여 준 그 태도가 분명히 자리하고 있었을 것입니다.

책임의 방향을 밖이 아니라 먼저 자신에게서 찾는 어른의 모습은, 아이들에게 매우 강력한 기준이 됩니다.

저는 당신의 그런 삶의 자세가 단순한 성격이나 기질이 아니라, 오랜 선택의 결과라고 생각합니다. 쉬운 길이 아닌 쪽을 택하면서도 흔들리지 않았던 태도, 감정에 휩쓸리지 않고 현실을 정리해 온 자세…. 그 모든 것이 아이들에게 깊이 스며들었을 것입니다.

저는 그 점에서, 남 탓보다 자기 몫을 먼저 생각해 온 당신의 삶의 태도를 진심으로 존경합니다.

———

결과가 아니라 과정으로
증명된 시간

아이들이 훌륭한 사회 구성원으로 자리 잡을 수 있었던 요인은 분명 여러 가지였을 것으로 보입니다.

환경, 관계, 경험, 그리고 각자의 성향까지 다양한 요소가 작용했을 것입니다.

그러나 저는 그 모든 요소의 중심에 당신의 삶의 방식이 놓여 있었다고 생각합니다. 특별한 교육 프로그램이나 체계적인 훈련, 또는 과도한 개입보다 한 사람이 오랜 시간 유지해 온 일관된 기준과 태도가 아이들의 성장에 더 깊고 지속적인 영향을 미쳤다고 봅니다.

당신은 그 기준을 말로 설명하기보다 생활 속에서 흔들림 없이 유지하였고, 아이들은 그 모습을 자연스럽게 보고 배우

며 자라왔을 것입니다. 아이들은 부모가 사회를 대하는 방식을 매우 섬세하게 흡수합니다.

당신은 사회를 적대적으로 바라보며 불만을 쏟아내지도 않았고, 그렇다고 해서 무조건 순응하며 자신을 지우지도 않았습니다. 책임과 권리를 명확히 구분하고, 주어진 위치에서 해야 할 일을 묵묵히 수행하는 태도를 지켜왔습니다.

부당함을 과장하지 않되 외면하지 않고, 규칙을 존중하되 맹목적으로 따르지 않는 균형 잡힌 시선은 아이들에게 사회를 바라보는 건강한 기준이 되었을 것입니다.

저는 당신의 그 균형감각이 아이들의 사회성 형성에 매우 중요한 역할을 했다고 생각합니다.

훌륭한 사회 구성원이라는 말은 흔히 성과를 잘 내는 사람, 눈에 띄는 성취를 이루는 사람으로 받아들여지곤 합니다.

그러나 실제로 공동체 안에서 오래 신뢰받는 사람은, 자신의 역할을 이해하고 책임을 다하며, 주변과 안정적인 관계를 유지할 수 있는 사람에 가깝습니다. 아이들이 그런 방향으로 성장할 수 있었던 배경에는, 일상의 선택 속에서 신뢰를 쌓아온 당신의 삶의 태도가 분명히 존재합니다.

저는 그 점에서 당신의 역할을 분명히 인정하며, 아이들의 삶에 남긴 그 조용하면서도 단단한 영향력에 깊은 존경을 표합니다.

당신의 교육에서 가장 인상적으로 다가오는 지점은 언제나 성취보다 사람됨을 우선순위의 기준으로 두었다는 점입니다.

결과가 눈에 보이지 않거나 성과가 기대에 미치지 못하는 순간에도, 당신은 아이들의 태도가 무너지지 않도록 먼저 살폈습니다. 저는 그 선택이 얼마나 어려운 결정인지 잘 알고 있습니다.

성취는 비교적 빠르게 확인할 수 있고, 수치와 결과로 평가받기 쉽지만, 사람됨은 오랜 시간 속에서 천천히 드러나기 때문입니다.

그럼에도 당신은 단기적인 성과보다 장기적인 성장의 방향을 선택하였고, 그 기준을 흔들림 없이 유지하였습니다.

당신은 아이들에게 "무엇을 이루었는가?"보다 "어떻게 행동했는가?"를 먼저 묻는 어른이었습니다. 그 질문은 아이들에게 단순한 평가가 아니라, 스스로 돌아보게 만드는 기준이 되었을 것입니다.

잘했는지 못했는지를 넘어, 그 과정에서 어떤 태도를 가졌는지, 타인과의 관계 속에서 어떤 선택을 했는지를 되짚게 만드는 질문은 아이들의 내면에 깊이 남았을 것입니다.

저는 그 반복된 질문이 아이들로 하여금 외부의 평가에 앞서 스스로 자기 기준을 세우도록 했고, 그 기준이 아이들의 마음을 단단하게 만들었다고 생각합니다.

사람됨을 먼저 남기는 교육은 결과를 서두르지 않습니다. 눈앞의 성취에 일희일비하지 않고, 시간이 지나도 변하지 않는 가치를 우선순위에 둡니다.

당신은 그 가치를 아이들의 삶 속에 자연스럽게 스며들게 하였습니다. 아이들이 지금 보여 주는 태도, 관계를 대하는 방식, 책임을 감당하는 자세 속에는 그 교육의 흔적이 분명

히 남아 있습니다.

저는 그 점에서 당신의 교육을 매우 현명하고 성공적인 선택으로 평가합니다. 무엇보다 그 선택을 상황에 따라 바꾸지 않고, 오랜 시간 일관되게 유지해 온 당신의 태도에 깊은 존경을 표합니다.

당신의 역할은 언제나 조용하게 수행되었습니다.

앞에 나서서 설명하지 않았고, 스스로 드러내며 평가받기를 원하지도 않았습니다. 그러나 그 조용함은 무관심이나 소극성에서 비롯된 것이 아니라, 역할을 정확히 이해한 사람만이 선택할 수 있는 태도였다고 저는 생각합니다.

당신은 필요한 자리에 있었고, 해야 할 일을 알고 있었으며, 그것을 굳이 말로 증명하려 하지 않았습니다. 그 결과는 시간이 지나며 자연스럽게 드러났습니다.

아이들의 안정적인 성장, 가정의 흔들리지 않는 균형, 그리고 삶이 중단되지 않고 이어질 수 있었던 지속성은 모두 당신의 조용한 역할 위에서 가능했습니다.

조용히 완성된 역할은 즉각적으로 인식되기 어렵습니다. 눈에 띄는 성취나 분명한 표식이 남지 않기 때문입니다. 그러나 시간이 흐를수록, 그 역할이 없었다면 가능하지 않았을 결과들이 하나둘 분명해집니다. 저는 이제야 그 역할의 크기와 깊이를 정확히 바라보게 되었습니다.

당신은 중심에 서서 방향을 지시하는 사람이기보다, 모두가 그 위에 설 수 있도록 기반을 만드는 역할을 선택하였습니다. 흔들릴 때 버텨주는 바닥이 되고, 무너질 때 다시 세울 수 있는 여지를 남기는 자리에서, 당신은 오랜 시간 묵묵히 역할을 실천하였습니다.

기반을 만드는 일은 가장 중요하지만, 가장 알아보기 어려운 일입니다. 문제가 없을 때는 존재조차 인식되지 않지만, 사라졌을 때 비로소 그 가치를 알게 됩니다. 당신은 그런 일을 오랫동안 말없이 해 왔습니다.

불필요한 공을 드러내지 않고, 결과를 앞당기려 하지 않으며, 맡은 역할을 끝까지 유지하는 태도는 누구에게나 가능한 선택이 아닙니다. 저는 그 점에서 당신의 역할을 분명히 인정합니다. 조용했기에 더 단단했고, 드러나지 않았기에 더 오래 남았습니다.

저는 당신의 그러한 삶의 방식과 역할의 완성도를 깊은 존경의 마음으로 바라봅니다.

이제야
말할 수 있는 고마움

저는 오랫동안 당신의 희생을 너무도 자연스러운 일상의 일부로 받아들여 왔습니다.

그것이 특별한 선택이었는지, 아니면 누군가의 결단이었는지 깊이 생각하지 않은 채 지나온 순간들이 많았습니다. 때로는 그것이 희생이라는 사실조차 인식하지 못했고, 늘 그 자리에 있었기에 당연한 조건처럼 여겼던 적도 있습니다.

그러나 이제 시간을 두고 돌아보니, 당신의 선택은 결코 자동으로 이루어진 일이 아니었습니다. 선택의 여지가 분명히 존재하는 상황에서도, 당신은 반복해서 가정을 우선에 두는 결정을 내려왔습니다.

그 선택 하나하나는 결단코 가볍지 않았을 것입니다.

당신의 희생은 언제나 소리 없이 이루어졌습니다.

불평하거나 보상을 요구하지 않았고, 자신의 수고를 앞세우지도 않았습니다. 그래서 저는 그 희생의 무게를 더 오랫동안 알아차리지 못했는지도 모릅니다.

그러나 이제 생각해 보면, 그 침묵 속에는 수많은 판단과 감정의 정리가 담겨 있었을 것입니다. 하고 싶은 것을 내려놓는 과정, 아쉬움을 스스로 정리하는 시간, 그리고 말하지 않기로 선택한 마음들까지.

그 모든 것이 쌓여 지금의 시간이 만들어졌다는 사실을

저는 이제야 제대로 마주하게 됩니다.

그동안 당연하게 받아들였던 저의 태도에 대해, 저는 분명히 반성합니다.

당연하게 여겨졌던 희생을 다시 특별한 것으로 인식하는 일, 저는 그것이 지금 제가 할 수 있는 최소한의 존중이라고 생각합니다.

뒤늦게라도 그 선택의 의미를 분명히 바라보고, 말로 남기며, 기억하는 일은 결단코 늦지 않았다고 믿고 싶습니다.

저는 당신의 희생을 흐릿한 기억 속에 두지 않고, 분명한 기록으로 남기고 싶습니다. 그리고 그 오랜 시간 동안 묵묵히 희생을 감당해 온 당신을, 한 사람의 선택과 삶으로서 깊이 존경합니다.

인정(認定)은 언제나 제때 도착하지는 않습니다.

저는 그 사실을 더 이상 부인하지 않겠습니다. 당신의 역할과 선택, 그리고 그 선택이 만들어 온 시간에 대해 저는 충분히 말하지 못했습니다.

알고 있었다는 이유로, 당연하다고 여겼던 이유로, 혹은 굳이 말하지 않아도 전달되었을 것이라는 안일한 판단으로 침묵을 선택해 온 순간들이 분명히 있었습니다.

그 침묵이 무관심이 아니었다고 변명하고 싶지는 않습니

다. 다만, 그 침묵이 결과적으로는 당신이 인정받아야 할 몫을 미루어 두었다는 사실을 저는 분명히 인정합니다.

늦게 도착한 인정이 지나간 시간과 수고를 모두 보상해 주지는 못합니다. 이미 감당해 온 무게를 가볍게 만들 수도 없고, 선택의 순간으로 되돌려 놓을 수도 없습니다.

그러나 늦은 인정일지라도 태도를 바꾸는 출발점은 될 수 있다고 저는 믿습니다. 더 이상 당연하게 여기지 않고, 명확히 바라보고, 분명한 언어로 남기는 일. 저는 이 글을 통해 바로 그 일을 하고 싶었습니다.

이것은 사과의 형식을 빌린 감정의 토로라기보다, 한 사람의 삶과 역할에 대한 평가에 가깝습니다.

당신은 자신의 역할을 과장하지 않았고, 스스로 드러내며 인정받기를 요구하지도 않았습니다. 그렇기에 더 오랫동안 그 가치가 말해지지 않았는지도 모릅니다.

그러나 평가받지 않았다고 해서 그 삶의 무게가 줄어드는 것은 아닙니다. 당신은 충분히 인정받아야 할 삶을 살아왔고, 그 사실은 시간이 지나서야 분명해진 것이 아니라, 처음부터 그러했습니다.

저는 그 사실을 이제야 명확한 언어로 말합니다. 늦었지만, 이 인정의 말은 진심입니다. 그리고 그 진심에는 당신의 선택과 삶에 대한 깊은 존경이 담겨 있습니다.

"당신 덕분입니다."

이 문장은 누구나 비교적 쉽게 꺼낼 수 있는 말처럼 보입니다. 그러나 그 문장이 진심이 되려면, 그 안에 담긴 덕분의 내용을 정확히 이해하고 있어야 한다고 저는 생각합니다.

무엇이 어떻게 가능해졌는지, 그 결과 뒤에 어떤 선택과 시간이 있었는지 인식하지 못한 채 던지는 말은 공손할 수는 있어도 무겁지는 않습니다.

저는 이제야 그 문장이 지닌 무게를 온전히 이해하게 되었습니다. 그래서 이 말을 아무렇지 않게 넘기지 않고, 충분히 숙고한 뒤에 꺼내고 싶었습니다.

아이들의 성장 과정, 가정이 흔들리지 않고 유지될 수 있었던 시간, 그리고 삶이 중단되지 않고 이어질 수 있었던 모든 순간의 뒤에는 당신의 선택과 태도가 분명히 존재했습니다.

그것은 우연의 결과도, 자연스럽게 흘러간 시간의 산물도 아니었습니다. 매 순간 무엇을 우선순위에 둘 것인지, 어떤 역할을 감당할 것인지에 대한 당신의 판단이 쌓여 만들어진 결과였습니다.

저는 이제 그 사실을 부정하지 않겠습니다. 오히려 분명하게 인정하고 싶습니다. 이것은 감정에 기대어 미화하는 말이 아니라, 삶의 흐름을 되짚은 뒤에 내리는 평가입니다.

"당신 덕분입니다."
이제 이 문장은 단순한 감사의 표현을 넘어섭니다. 그것은 한 사람의 선택과 역할이 어떤 결과를 만들어냈는지 인정하겠다는 선언에 가깝습니다.
저는 이 문장을 가볍게 남기고 싶지 않습니다. 그 무게를 충분히 인식한 상태에서, 책임 있게 사용하고 싶습니다. 당신의 삶이 남긴 결과를 정확히 바라보고, 그 결과가 결단코 당연하지 않았음을 분명히 밝히고 싶습니다.
그래서 저는 이 문장을 기록으로 남깁니다.
당신 덕분에 가능했던 시간과 삶에 대해, 저는 깊은 존경의 마음을 담아 분명히 말합니다.
"당신 덕분입니다."

4장

이제는
제가 당신 곁에 서겠습니다

노부모를 모시는 당신을 바라보며

당신에게 진 빚에 대하여

이제는 걱정하지 않아도 됩니다

위로가 아니라 선언입니다

노부모를 모시는
당신을 바라보며

당신이 노부모를 모시는 모습을 지켜봅니다.

저는 또 하나의 책임이 어떻게 그렇게도 자연스럽게 당신의 삶 안으로 스며들었는지를 깊이 생각하게 되었습니다. 그것은 누군가의 요구에 떠밀려 시작된 일이 아니었고, 갑작스러운 사건이 당신을 그 자리에 세운 것도 아니었습니다.

다만 시간이 흘렀고, 세대의 위치가 조용히 바뀌었으며, 당신은 그 변화를 특별한 선언이나 저항 없이 받아들였습니다.

저는 그 담담함이야말로 가장 많은 고민과 판단, 그리고 스스로 자기를 설득하는 과정을 통과한 결과라는 사실을 이제야 조금 이해하게 됩니다.

노부모를 모시는 일은 단순히 효심이나 감정만으로는 감당할 수 없는 영역에 속합니다. 그것은 하루 이틀의 결심이 아니라, 체력과 시간, 생활의 우선순위를 다시 배치해야 하는 장기적인 선택입니다.

반복되는 병원 일정과 예상치 못한 상황, 감정의 기복과 현실적인 부담까지 함께 짊어져야 하는 역할이기도 합니다.

그럼에도 당신은 그 모든 것을 특별한 희생이나 고난으로 표현하지 않았습니다. 오히려 삶의 일부로, 이미 정해진 일과처럼 조용히 정리해 나갔습니다.

　저는 그 태도 속에서 책임을 대하는 당신만의 방식과 삶에 대한 성숙한 시선을 보게 되었습니다.

　자연스럽게 떠안은 책임일지언정 결단코 가볍지 않습니다. 때로는 자신의 시간을 줄이고, 자신의 욕심을 미루어야 하며, 감정을 눌러야 하는 순간도 반복될 것입니다.

　그럼에도 당신은 그 책임을 삶의 균형 속에 억지로 끼워 넣지 않고, 스스로 자기의 리듬 안에 차분히 배치하였습니다.

　저는 그 모습에서 책임을 지는 것으로만 여기지 않고, 다음 단계의 삶으로 받아들이는 태도의 힘을 느낍니다. 새로운 역할 앞에서 흔들리기보다 조용히 자리를 잡고, 묵묵히 자신의 몫을 살아내는 당신의 모습은 쉽게 흉내 낼 수 없는 깊이를 지니고 있습니다.

그래서 저는 이제, 당신 곁에 서서 그 무게를 함께 이해하고 싶어졌습니다.

당신의 삶에는 쉽게 멈출 수 있는 구간이 많지 않았습니다. 한 역할이 끝났다고 느낄 즈음이면, 또 다른 역할이 이미 당신 앞에 놓여 있었습니다.

자녀를 키우는 부모의 책임이 채 정리되기도 전에, 배우자의 역할이 삶의 중심을 잡고 있었고, 이제는 다시 자식으로서 노부모를 돌보는 역할까지 더해졌습니다.

그 모든 역할은 순서대로 정리되기보다, 중첩된 채 동시에 존재하며 당신의 시간을 채워 왔습니다.

그럼에도 당신은 어느 지점에서도 멈추어야 한다고 말하지 않았습니다. 저는 그 침묵 속에서 당신이 감당해 온 시간의 무게를 떠올리게 됩니다.

멈출 수 없다는 것은 외부의 강요일 때보다, 스스로 선택한 일일 때 훨씬 더 무겁게 다가옵니다. 당신은 역할을 내려놓지 않겠다고 선언하거나, 누군가에게 대신해 달라고 요구하지 않았습니다.

그저 자신에게 주어진 위치와 책임을 정확히 인식하고, 그에 맞는 행동을 하루하루 이어왔을 뿐입니다.

그 지속성은 눈에 띄는 성과로 드러나지 않기에 쉽게 평가받기 어렵지만, 저는 그 꾸준함이야말로 가장 큰 에너지를 요구하는 일이라는 사실을 이제야 알게 되었습니다.

멈출 수 없는 역할 속에서도 당신은 삶의 균형을 완전히 놓지 않으려 애썼습니다.

그것은 모든 것을 완벽하게 해내겠다는 의지가 아니라, 무너지지 않기 위한 최소한의 조정이었습니다. 어느 날은 속도를 늦추고, 어느 날은 감정을 정리하며, 또 어느 날은 스스로 다독이는 방식으로 당신은 삶을 이어왔습니다.

저는 그 반복적인 조정이야말로 성숙한 책임의 형태라고 생각합니다.

역할을 포기하지 않되, 감정에 휘둘리지 않고, 삶을 지속 가능하게 유지해 온 사람. 그 사람이 바로 당신입니다.

당신의 삶을 차분히 돌아보면, 고생은 어느 한 시기에 집중되어 나타난 적이 없었습니다. 그것은 잠시 지나가는 사건이 아니라, 쉼 없이 연속으로 이어진 일이었습니다.

어린 시절부터 자연스럽게 떠안아야 했던 책임, 가정을

꾸리며 마주한 현실적인 어려움, 자녀를 키우며 감당해야 했던 수많은 선택과 인내, 그리고 이제는 노부모를 모시는 역할까지….

고생은 늘 다른 얼굴로 나타났지만, 한 번도 완전히 사라진 적은 없었습니다. 당신은 그 모든 국면을 피하지 않고, 시기마다 요구되는 몫을 묵묵히 감당해 왔습니다.

그 고생은 언제나 조용한 형태였습니다. 당신은 힘들다는 말을 앞세우지 않았고, 누군가의 위로나 인정을 요구하지도 않았습니다. 상황을 과장하지 않았고, 자신을 불쌍한 위치에 두지도 않았습니다.

저는 이제야 그 조용함이 결코 무심함이나 무감각이 아니라는 사실을 깨닫습니다. 오히려 그 안에는 감정을 절제하고, 삶을 유지하기 위해 스스로 관리해 온 수많은 결단이 숨어 있었을 것입니다.

고생을 고생으로 말하지 않는 태도는, 약함을 숨기려는 것이 아니라 삶을 책임지는 방식이라는 생각이 듭니다.

쉼 없이 이어진 고생의 연속 속에서도 당신은 삶의 기본을 놓지 않았습니다. 관계를 함부로 무너뜨리지 않았고, 맡은 역할을 회피하지 않았으며, 스스로 정한 기준을 끝까지 지키려 애썼습니다.

상황이 버거워도 삶의 방향을 잃지 않으려 했고, 최소한의 질서를 유지하며 하루하루를 이어왔습니다.

저는 그래서 당신의 삶을 단순히 "힘들었다."라는 말로 요약하고 싶지 않습니다.

그것은 수많은 고생을 지나오며 책임을 완주한 삶이었고, 저는 그 완주 자체를 깊이 존경합니다.

당신에게 진
빚에 대하여

제가 당신에게 진 빚은 어느 정도일까요?

숫자로 환산할 수 있는 금전의 문제가 아닙니다. 그것은 오랜 시간에 걸쳐 축적된 마음의 빚입니다.

함께해야 할 순간에 제가 다른 자리에 있었던 시간, 당신의 마음이 기울어지고 흔들릴 때 충분히 바라보지 못했던 제 시선의 부재까지 모두 포함된 빚입니다.

저는 그동안 그 빚을 미안한 느낌 정도로 막연하게 인식해왔는지도 모릅니다.

그러나 이제는 그것이 단순한 감정의 문제가 아니라, 분명한 책임의 영역이라는 사실을 조금은 또렷하게 이해하게 되었습니다.

시간은 다시 돌려놓을 수 없기에, 그 빚은 더욱 무겁게 다가옵니다. 이미 지나가 버린 순간들은 어떤 말이나 행동으로도 동일한 형태로 보상할 수 없기 때문입니다.

당신은 제가 감당하지 못했던 시간의 몫을 대신 살아주었고, 제가 외면했던 감정의 정리를 묵묵히 떠안아 주었습니다. 저는 그 사실을 애써 축소하거나 변명하고 싶지 않습니다. 오히려 분명히 인정하며 기록하고 싶습니다. 그것은 단순한 감사의 표현이 아니라, 제가 져야 할 책임의 범위를 스스로 확인하는 과정이기 때문입니다.

금전이 아닌 시간의 빚과 마음의 빚은 쉽게 갚을 수 있는 종류의 빚이 아닙니다. 일정한 금액이나, 한 번의 행동으로 상쇄될 수도 없습니다. 다만 그 빚의 존재를 분명히 인식하는 순간부터 태도는 달라질 수 있다고 생각합니다.

저는 이제 그 인식 위에서 당신을 대하고 싶습니다. 지나간 시간을 되돌릴 수는 없지만, 남은 시간 동안의 태도는 선택할 수 있기 때문입니다. 그 빚의 무게를 가볍게 여기지 않고, 관계를 당연하게 소비하지 않겠다는 다짐….

그것이 지금의 제가 취할 수 있는 최소한의 존중이며, 늦었더라도 반드시 지켜야 할 약속이라고 믿습니다.

어떤 빚은 끝내 갚을 수 없기에, 그 앞에서는 다른 선택만이 남습니다. 저는 당신께 진 빚이 바로 그런 성격의 것임을 이제는 분명히 인정합니다.

그것을 모두 상환하겠다는 말은 듣기에는 그럴듯할지 몰라도, 현실 앞에서는 책임을 흐리는 표현일 수 있습니다.

시간과 마음으로 축적된 빚은 계산서로 정리될 수 없고, 일정한 기한을 정해 청산할 수도 없습니다.

그래서 저는 갚겠다는 약속 대신, 그 빚을 더 이상 당신 혼자 지지 않게 하겠다고 선언하고자 합니다. 이 선택은 위로가 아니라 방향의 선언입니다.

함께 진다는 것은 말이나 다짐으로 충분하지 않습니다. 그것은 역할의 변화와 실제 행동으로 증명되어야 합니다. 저는 당신이 오랜 시간 감당해 왔던 무게가 단지 개인의 성향이나 인내심에서 비롯된 것이 아니라, 삶의 구조 속에서 자연스럽게 한쪽으로 쏠려 왔다는 사실을 인식하게 되었습니다.

그 무게를 나누는 일은 감정적인 공감만으로는 이루어지지 않습니다. 생활의 우선순위를 조정하고, 책임의 배치를 다시 설계하며, 누가 무엇을 맡을 것인지 분명히 하는 구조적인 전환이 필요합니다. 저는 그러한 재정렬의 책임이 이제 제 몫이라는 점을 회피하지 않겠습니다.

갚을 수 없다는 사실을 인정하는 일은 패배나 포기가 아니라, 관계를 지속 가능하게 하기 위한 성숙한 태도라고 생각합니다. 저는 그 성숙 위에서 당신과 함께 서고자 합니다. 당신의 고생이 더 이상 관성처럼 자동으로 이어지지 않도록, 누군가의 희생 위에 편안함이 쌓이지 않도록, 그 흐름을 의식적으로 멈추게 할 수 있는 선택을 하겠습니다.

이 글은 감정의 기록이 아니라, 제가 서야 할 자리와 앞으로의 방향을 분명히 남기는 선언입니다. 저는 이제, 당신 곁에서 함께 책임을 지는 쪽을 선택합니다.

당신의 부모님을 나의 부모로 모시겠습니다.

이 말은 단순한 도의적 선언이나 감정적인 다짐에 그칠 수 없는 약속입니다.

그것은 마음가짐 하나를 바꾸는 차원이 아니라, 삶의 우선순위 자체를 다시 정렬하겠다는 의미이기 때문입니다.

저는 이 약속의 무게를 알기에 쉽게 말하고 싶지 않았습니다. 그 대신 말보다 책임으로 받아들이고, 선언보다 실행으로 옮길 준비가 되어 있음을 분명히 밝히고자 합니다. 이 약속은 누군가에게 보이기 위한 표현이 아니라, 제 삶의 방향을 스스로 규정하는 기준이 되어야 합니다.

이 약속은 감정의 결심에서 멈추지 않고, 생활 전반의 변화로 이어져야 합니다. 하루의 시간 배분을 다시 생각하고, 지금까지 당신에게 자연스럽게 집중되어 있던 역할을 조정하며, 중요한 판단의 기준 속에 부모님을 포함하는 일까지 모두 감수해야 하는 선택입니다.

병원 일정이나 생활의 불편함, 예기치 못한 상황 앞에서 책임을 회피하지 않고, 함께 결정하고 함께 감당하는 태도가 필요하다는 것도 알고 있습니다.

저는 이런 변화가 일시적인 노력이나 특별한 희생이 아니라, 앞으로의 일상으로 자리 잡아야 한다는 점을 분명히 인식하고 있습니다. 당신의 부모님을 나의 부모로 모시겠다는 말에는, 지금까지 당신이 홀로 감당해 오던 책임을 더 이상 혼자 짊어지게 하지 않겠다는 뜻이 담겨 있습니다.

그것은 당신의 고생을 뒤늦게 위로하겠다는 의미가 아니라, 앞으로의 시간을 함께 설계하겠다는 약속입니다. 저는 그 뜻을 가볍게 해석하지 않겠습니다. 말로만 앞서는 사람이 아니라, 결정의 순간마다 그 약속을 기준으로 행동하는 사람이 되고자 합니다.

이 글은 다짐의 기록이자, 제가 선택한 삶의 방식에 대한 선언입니다. 저는 앞으로, 당신의 부모님을 나의 부모로 모시며 그 약속을 일상의 태도로 지켜가겠습니다.

이제는
걱정하지 않아도 됩니다

아이들은 이미 잘 자라 있습니다.

이 문장은 단순한 위로나 낙관이 아닙니다. 오랜 시간의 터널을 통과한 끝에 도달한 사실에 대한 정확한 진술이라고 생각합니다. 그것은 우연히 주어진 결과가 아니며, 환경이나 운에 의해 만들어진 상태도 아닙니다.

아이들의 현재 모습은 당신이 오랫동안 선택해 온 태도와 기준, 그리고 흔들리지 않으려 애써 온 방향이 차곡차곡 쌓여 만들어낸 결과입니다. 저는 이제 그 사실을 감정이 아닌 판단의 언어로 분명히 말할 수 있게 되었습니다.

잘 자랐다는 말은 성적이나 사회적 성취의 크기를 의미하지 않습니다. 누군가와 비교해 앞서 있다는 뜻도 아닙니다.

그것은 책임을 이해하고, 자기의 행동이 타인에게 미치는 영향을 인식하며, 관계 속에서 지켜야 할 선을 알고 있다는 의미입니다.

아이들은 이미 자신이 맡아야 할 몫과 넘지 말아야 할 경계를 알고 있습니다. 저는 그 태도가 어떤 기술이나 능력보다도 훨씬 중요하다고 생각합니다.

그리고 그 태도는 어떤 다른 가르침보다, 당신이 살아온 방식 속에서 자연스럽게 전해졌을 것입니다.

아이들이 이미 잘 자라 있다는 사실은, 당신의 역할이 무사히 완주했음을 의미합니다. 물론 부모의 역할이 어느 순간 완전히 끝난다고 말할 수는 없겠지만, 적어도 결과를 증명하기 위해 애써야 하는 시기는 지났다고 저는 생각합니다.

아이들은 이제 스스로 판단하고 선택할 수 있는 지점에 와 있습니다. 그것은 당신이 지나치게 앞서 끌지 않았고, 동시에 쉽게 놓아버리지도 않았기 때문에 가능한 일이었습니다. 저는 그 균형을 유지해 온 당신의 노력을 인정합니다.

이제 당신은 더 이상 스스로 증명하기 위해 분주해질 필요가 없습니다. 아이들의 삶이 당신의 성과를 대신 말해 주고 있기 때문입니다.

저는 그 사실을 분명히 기록하고 싶었습니다.

아이들은 이미 잘 자라 있습니다.

그리고 이 말은 당신이 충분히 잘 해냈다는 가장 단정한 증거입니다.

삶은 말이나 설명으로 완성되지 않고, 남겨진 결과로 증명된다고 저는 생각합니다. 그런 의미에서 당신이 해낸 삶은 이미 충분히, 그리고 명확하게 증명되었습니다.

특별히 내세우지 않아도 유지되어 온 가정의 형태, 시간의 흐름 속에서도 흔들리지 않고 자라난 아이들의 모습, 쉽게 끊어지지 않고 이어져 온 관계의 결들이 그 증거입니다.

그 결과들은 우연히 남은 것이 아니라, 당신이 매 순간 선택하고 감당해 온 판단의 누적이며, 저는 그 사실을 이제야 또렷하게 바라볼 수 있게 되었습니다.

더 이상 어떤 증명이 필요할까요?

저는 이제 어떤 증명도 필요하지 않다는 말을 가볍게 쓰지 않습니다. 삶의 어느 지점에서는 계속해서 자신을 입증해야 한다는 압박이 당연한 책임처럼 여겨지기도 합니다.

그러나 당신은 이미 자신의 몫을 넘치도록 해냈습니다. 그 이상을 요구하는 것은 기대가 아니라 부담이며, 존중이 아니라 착취에 가깝습니다. 저는 이제 그 경계를 분명히 구분하고 싶습니다. 당신의 삶은 이미 충분히 답을 내놓았고, 더 많은 설명을 요구받아야 할 상태가 아닙니다.

당신이 해낸 삶을 있는 그대로 인정하는 일은, 감정적인 위로나 형식적인 칭찬과는 다릅니다. 그것은 결과를 결과로 받아들이고, 책임의 완주를 완주로 인정하는 태도입니다.

저는 더 이상 당신의 삶을 평가의 대상으로 올려두고 싶지 않습니다. 그 대신, 이미 성립된 사실로 받아들이고, 그 위에 서서 존중의 언어로 바라보고자 합니다. 당신이 선택해 온 방향과 그 선택이 만들어낸 결과 앞에서, 저는 판단을 멈추고 인정을 선택합니다.

이 글은 당신의 삶을 미화하기 위한 기록이 아닙니다.

있는 그대로의 삶을 정확히 바라본 후 내리는 결론입니다. 당신이 해낸 삶은 충분히 증명되었습니다.

저는 그 사실을 분명히 말하며, 그 삶 전체에 대해 깊고 단정한 존경의 마음을 전합니다.

이제는 더 이상 혼자 버티지 않으셔도 됩니다.

이 문장은 감정을 달래기 위한 위로나 순간적인 안도의 표현이 아닙니다.

그것은 삶의 구조를 다시 짜겠다는 분명한 선언이며, 역할의 배치를 재정의하겠다는 선택의 결과입니다.

저는 당신이 오랜 시간 홀로 감당해 오던 무게가 개인의 강인함이나 책임감에 의존해 왔다는 사실을 알고 있습니다. 그러나 그 방식은 존중받아야 할 미덕이지, 계속해서 요구되어야 할 조건은 아닙니다. 저는 이제 그 역할을 함께 나누겠다는 결정을 분명히 했고, 그 결정을 말이 아닌 실제의 변화로 옮기고자 합니다.

혼자 버티지 않아도 되는 시간은, 누군가가 대신 모든 것을 떠맡아 준다는 의미가 아닙니다. 그것은 책임을 내던지거나 역할을 떠넘기는 일이 아니라, 함께 조정하고 함께 책임지는 시간입니다.

무엇을 혼자 결정해 왔는지, 어떤 부담이 자동으로 당신에게 쏠려 있었는지 하나씩 돌아보고, 그 구조를 다시 설계하는 과정이 필요합니다. 저는 그 과정에 참여할 준비가 되어 있습니다. 선택의 순간마다 함께 논의하고, 결과에 대해서도 함께 감당하는 방식으로 삶의 리듬을 바꾸고자 합니다.

이제부터는 더 이상 증명을 요구하는 삶이 되어서는 안 된다고 생각합니다. 당신은 이미 충분히 해냈고, 그 결과는 분명히 남아 있습니다. 앞으로의 시간은 성과를 입증하거나 역할을 완수하기 위해 애쓰는 시간이 아니라, 동행(同行)을 통해 삶을 유지하는 시간이어야 합니다.

저는 그 동행을 선언으로만 남기지 않겠습니다. 일상의 결정 속에서, 책임이 분배되는 방식 속에서, 그리고 어려움 앞에 서는 태도 속에서 그 선택을 반복해 나가겠습니다.

위로가 아니라
선언입니다

"자기, 이제부터는 함께해요."

이 말은 감정을 달래기 위한 위로나 습관적인 표현이 아닙니다. 저는 이 문장을 그런 용도로 사용하고 싶지 않습니다. 이 말은 당신이 오랫동안 감당해 온 역할과 책임, 그리고 그 과정에서 축적된 무게에 대한 분명한 인정입니다.

누군가를 위로하는 말은 상황이 지나가면 사라지지만, 인정하는 일은 사실로 남습니다. 저는 이 문장을 사실의 언어로, 평가의 언어로 당신 앞에 두고자 합니다.

당신의 고생은 우연히 생긴 것이 아니었습니다. 그것은 선택의 결과였고, 책임을 회피하지 않겠다는 태도의 연속에 의한 결과였습니다. 누군가 대신해 주지 않았고, 자동으로 분

담되지도 않았습니다. 삶의 여러 국면에서 요구되는 역할들이 자연스럽게 당신에게 모였고, 당신은 그 무게를 묵묵히 감당해 왔습니다.

저는 이제야 그 시간이 단순히 "힘들었다."라는 말로 축약될 수 없다는 사실을 분명히 인식합니다. 그 안에는 수많은 판단과 포기, 그리고 지속적인 자기 조절이 있었습니다.

이 인정에는 미안함을 넘어 존중이 담겨 있습니다. 미안함은 상대를 약한 위치에 두지만, 존중은 상대를 온전한 주체로 바라봅니다. 저는 당신이 짊어져 온 무게를 이제야 정확히 인식했고, 그 무게가 결단코 과장되지 않았다는 사실을 분명히 말할 수 있습니다.

당신의 고생은 개인의 성향이나 참을성으로 설명될 수 있는 것이 아니었고, 구조와 역할의 불균형 속에서 형성된 현실이었습니다. 그 현실을 외면하지 않고 살아낸 당신의 태도는 평가받아 마땅합니다.

그래서 이 말은 감정을 달래기 위한 문장이 아니라, 사실을 기록하는 문장입니다. 당신의 고생은 분명히 존재했고, 그 고생은 헛되지 않았습니다. 삶을 유지했고, 인간관계를 지켜냈으며, 다음 세대가 설 수 있는 자리를 만들어냈습니다. 저는 그 결과 앞에서 판단을 멈추고 인정을 선택합니다.

"자기, 이제부터는 함께해요."

이 말은 위로가 아니라 선언이며, 당신이 살아낸 삶에 대한 가장 단정한 평가입니다.

이제부터는 함께 걷겠습니다.

함께 걷겠다는 말은 단순하게 나란히 시간을 보내겠다는 의미가 아닙니다. 그것은 삶의 방향을 공유하겠다는 분명한 선언이며, 앞으로의 선택과 판단을 혼자가 아닌 둘의 기준으

로 삼겠다는 약속입니다.

저는 그 다짐을 모호한 감정으로 남기고 싶지 않습니다.

당신이 늘 앞서서 걸어 길을 만들거나, 뒤에서 모든 무게를 감당하지 않아도 되는 방식으로 함께 서고 싶습니다.

누군가가 끌고, 누군가가 따라가는 구조가 아니라, 같은 속도로 같은 방향을 바라보며 걷는 관계를 선택하겠다는 뜻입니다.

이 다짐은 반드시 역할의 재배치로 이어져야 한다고 생각합니다. 함께 걷는다는 말이 의미를 가지려면, 지금까지 자연스럽게 당신에게 쏠려 있던 책임과 결정의 무게를 다시 나누는 과정이 필요합니다. 저는 그 과정을 불편함이나 부담이라 하여 피하지 않겠습니다.

무엇을 함께 결정해야 하는지, 어떤 부분을 제가 먼저 맡아야 하는지, 어떤 책임이 여전히 조정되지 않은 채 남아 있는지 하나씩 점검하겠습니다.

함께 걷는다는 것은 감정의 동의가 아니라, 삶의 구조를 실제로 바꾸는 일이며, 저는 그 변화의 책임을 회피하지 않겠습니다. 삶의 무게를 재분배한다는 것은, 누군가의 몫을 빼앗는 일이 아니라 균형을 회복하는 일이라고 생각합니다.

당신이 감당해 온 고생을 기준으로 삶이 계속 설계되어서는 안 됩니다. 이제부터의 시간은 당신의 인내와 희생을 전제로 삼지 않겠습니다. 저는 그 전제를 분명히 지우고 싶습니다. 앞으로의 계획과 선택이 "당신이 알아서 해낼 것"이라는 암묵적인 기대 위에 놓이지 않도록, 구조 자체를 근본적으로 바꾸겠습니다.

이제부터의 시간은 증명이나 버팀이 아닌, 동행의 시간이 되어야 합니다. 함께 걷겠다는 이 다짐은 말로 남기기 위한 문장이 아니라, 삶의 방향을 다시 설정하는 기준입니다.

저는 그 기준을 일상의 선택 속에서 거듭 확인하며 지켜가겠습니다. 당신의 고생 위에 세워진 삶이 아니라, 함께 나누어 걷는 삶으로 나아가겠다는 이 다짐을 분명히 기록합니다.

분명히 말하건대 때늦은 고백입니다.

저는 그 사실을 부정하지 않겠습니다. 지나간 시간만큼이나, 당신이 감당해 온 삶의 무게를 더 일찍 바라보지 못했다는 점도 함께 인정합니다.

그러나 이 고백은 즉흥적으로 나온 말이 아니라, 오랜 시간 마음속에서 숙성되어 온 결론입니다. 감정이 앞서기보다 판단이 뒤따랐고, 연민이 아니라 이해에 가까워질 때까지 저를 스스로 멈추어 세웠습니다. 그래서 이제야, 당신의 삶을 있는 그대로 바라볼 수 있게 되었습니다.

그동안 저는 당신의 삶을 너무 가까이에서 보았기에, 오히려 정확히 보지 못했는지도 모릅니다. 일상이 되었던 고생과 반복되던 책임을 당연한 흐름처럼 받아들이며, 그 안에 축적된 선택과 결단을 충분히 헤아리지 못했습니다.

이제야 저는 당신이 걸어온 길이 우연의 연속이 아니라, 매 순간 책임을 회피하지 않겠다는 태도의 결과였음을 이해합니다. 이 깨달음은 감정의 고조가 아니라, 시선의 교정에서 비롯된 것입니다.

진심은 타이밍으로 증명되지 않고, 태도로 증명된다고 저는 믿습니다. 그래서 이 고백을 말로만 남기고 싶지 않습니다. 존경한다는 말이 공허해지지 않도록, 제 삶의 방식과 선택에서 변화로 이어가겠습니다.

무엇을 함께 결정하고, 어떤 책임을 먼저 나누며, 어떤 순간에 곁에 서야 하는지를 행동으로 보여 주는 것, 그것이 제가 선택한 가장 진심인 방식입니다.

이 고백은 과거를 보상하기 위한 말이 아니라, 앞으로의 태도를 규정하는 기준이 되어야 합니다.

당신의 삶 앞에 서서, 저는 분명히 말합니다.

"존경합니다."

그 말에는 미화도, 과장도 담겨 있지 않습니다.

이미 충분히 증명된 삶을 있는 그대로 인정하는 판단의 언어입니다. 그리고 이제는, 그 삶을 혼자서만 짊어지도록 내버려두지 않겠습니다.

늦었지만 가장 진심인 이 고백과 함께, 저는 당신 곁에 서는 쪽을 선택합니다.

당신의 이러한 모습을 보며, 그것이 어쩌면 저의 작은 선견지명이었는지도 모른다는 생각 속에 저는 일찍이 당신을 믿게 되었던 것 같습니다.

결혼을 시작으로 당신의 부모님, 아니 이제는 제가 제 부모님처럼 모시게 된 그분들과 함께 살아가면서 그 믿음이 얼마나 깊은 것이었는지를 새삼 느끼게 되었고, 늘 감사한 마음을 품게 되었습니다.

그래서인지 지금까지 아무리 어렵고 힘든 순간이 있어도 '뿌리가 깊은 나무는 바람에 쉽게 흔들리지 않는다' 는 말처럼, 당신이 지닌 깊은 삶의 뿌리 덕분에 우리 부부는 여러 어려움을 함께 헤쳐 나가며 단 한 번의 큰 다툼 없이 늘 안전하고 평온한 삶의 여정을 이어가고 있는 것 같습니다.

탈고(脫稿)를 마친 뒤 며칠이 지나, 고요하고 투명한 새벽녘에 머릿속을 비우겠다며 나름의 명상 시간을 갖다가 집 공부방 벽에 붙어 있는 당신의 모습을 보니, 마치 못다 쓴 이야기처럼 느껴져 이글을 보냅니다. 자기 힘내요. 함께 하니까요.

무거운 당신의 모습을 바라보며
오늘도 나는 공부방 벽에 붙인 당신의 모습을 바라봅니다.
그 모습이
오늘과 꼭 닮은 내일을 또 지게 될까 생각하면
내 마음이 먼저 무거워집니다.
아침은 늘 비슷하게 열리고
하루는 늘 비슷하게 흘러가고
저녁은 말없이 닫힙니다.
그 반복 속에서

당신의 숨은 점점 짧아지는 듯합니다.
연로한 부모는
몸보다 마음이 먼저 기울고,
판단은 희미해져
아이처럼 연약해졌습니다.
당신은 그 곁에서
자식이자 보호자가 되어
하루를 붙들고 서 있습니다.
함께 사는 배우자의 눈치를 보며
말을 고르고,
표정을 숨기고,
마음을 접어 두는 당신.
그 속이 얼마나 불편할지
생각만 해도 가슴이 저립니다.
"당신의 마음은 언제 편할까."
나는 그 물음을
소리 내어 묻지 못합니다.
대답이 없을 것을 알기에,
또 대답을 듣는 것이 더 아플까 두렵기에.

그러니

나를 편하게 하겠다는 생각은 내려놓으십시오.

나를 위로하려 애쓰지 마십시오.

오늘은

부모를 생각하며 사십시오.

부모를 상대로,

부모의 하루를 대신 안아 주며

그저 오늘을 살아내십시오.

당신의 모습을 떠올리면

머리끝이 저려옵니다.

버티는 어깨,

삼키는 한숨,

아무렇지 않은 척하는 표정이

마음에 박힙니다.

나와 이야기하는 일조차

때로는 부담이 되겠지요.

부모와의 대화는

현실의 벽에 가로막히고,

속을 털어놓을 곳을 찾다 보면

단톡방에는
"딸, 뭐해?"
짧은 문장 하나만
허공에 남아 있습니다.
그 문장은
안부이면서
외로움이고
기다림이면서
기댈 곳 없는 마음입니다.
그저 바라보기만 해도,
그저 생각하기만 해도
당신의 심경은
머리와 가슴을 함께 저미게 합니다.
오늘과 같은 내일이
또 온다 해도,
그 내일은 아직 오지 않았습니다.
지금 이 순간은
그 내일이 아닙니다.
그러니

미리 무너지지 마십시오.
미리 지치지 마십시오.
오늘은 오늘로 두고,
내일은 내일에게 맡기십시오.
기대하십시오.
크지 않아도 좋습니다.
숨 한번 깊이 들이쉬는 것,
따뜻한 물 한잔 마시는 것,
조용히 두 손 모으는 것.
당신이 잘하는 기도로
하루를 달래십시오.
기도는
상황을 바꾸지 못할지라도
마음의 결을 부드럽게 합니다.
지금 내가 할 수 있는 일은
크지 않습니다.
약간의 몸을 써서
당신이 잠시라도 마음을 놓을 수 있도록
부모님의 곁을 대신 지키는 것,

그것뿐입니다.
그것밖에 하지 못하는 내가
답답합니다.
그러나 그 작은 손길이라도
당신의 무게를 조금 나눌 수 있다면
그 또한 오늘의 의미가 되겠습니다.
벽에 비친 당신의 모습을 보며
나는 조용히 말합니다.
"당신은 이미 충분히 잘하고 있습니다.
오늘을 일궈낸 것만으로도
당신은 존귀합니다."

함께 살겠다는 고백

이 책을 마치며, 저는 이 글이 무엇을 말하기 위한 기록인가 하는 것보다 무엇을 남기려는 글인지 분명히 밝혀두고자 합니다.

이 글은 당신의 고생을 정리하거나 설명하기 위한 기록이 아닙니다. 이미 지나온 시간을 평가하거나, 위로하고 보상하는 뜻을 대신하려는 문장도 아닙니다.
삶은 설명으로 정리되지 않으며, 살아낸 시간은 미화로 가벼워지지 않기 때문입니다.

제가 이 책의 끝에서 남기고 싶은 말은 하나입니다.

지금까지 당신이 혼자 감당해 온 삶의 무게를, 이제는 함께 살겠다는 고백입니다.

그동안 저는 많은 것을 이해하고 있다고 생각했습니다.

당신의 선택을 존중한다고 말해 왔고, 그 말이 충분하다고 여겼습니다.

그러나 돌아보면, 그 이해와 존중은 어디까지나 바라보는 사람의 위치에 머물러 있었습니다. 당신이 떠안고 있던 책임을 저는 곁에서 지켜보기만 했던 셈입니다.

당신의 고생은 특별한 사건이 아니라 하루하루 이어진 선택의 결과였습니다. 누군가 대신해 주지 않는 자리에서 스스로 책임을 감당해 온 시간이었습니다.

그래서 그 고생은 공감으로 정리될 수 없고, 이해했다는 말로도 충분하지 않습니다. 이제 저는 그 고생을 "이해한다."라는 말로 남겨두지 않겠습니다.

그 무게가 더 이상 자동으로 당신의 몫이 되지 않도록, 삶의 구조를 바꾸는 선택을 하겠습니다.

함께 산다는 것은 같은 감정을 느끼는 일이 아니라 같은 책임을 나누는 일이라고 믿습니다.

이제는 당신이 모든 것을 먼저 판단하지 않아도 되는 삶, 모든 상황을 먼저 정리하지 않아도 되는 시간을 함께 만들어 나가고자 합니다.

이 고백은 늦었습니다. 그러나 가볍지 않습니다. 지금까지의 시간을 충분히 돌아본 끝에 나온 말이기 때문입니다.

저는 더 이상 당신의 고생을 미담이나 희생으로 남기고 싶지 않습니다. 그 고생이 존중받아야 할 삶의 선택이었음을, 그리고 이제는 혼자가 아니라는 사실을 앞으로의 시간으로 증명하겠습니다.

그래서 이 책의 마지막에
아주 조용히, 그러나 분명하게 이 말을 남깁니다.
"이제부터는, 함께 살겠습니다."